MIX
Papier aus verantwortungsvollen Quellen
FSC® C083411
www.fsc.org

5 4 3 2 1
ISBN: 978-3-649-66789-6

Hafenweg 30, 48155 Münster

Text: Rüdiger Bertram
Illustration: Irmela Schautz
Satz: Sabine Conrad, Bad Nauheim
Printed in Germany
www.coppenrath.de
Das @book erscheint unter der ISBN: 978-3-649-63108-8.

Rüdiger Bertram

IN 8 TAGEN UM DIE WELT

COPPENRATH

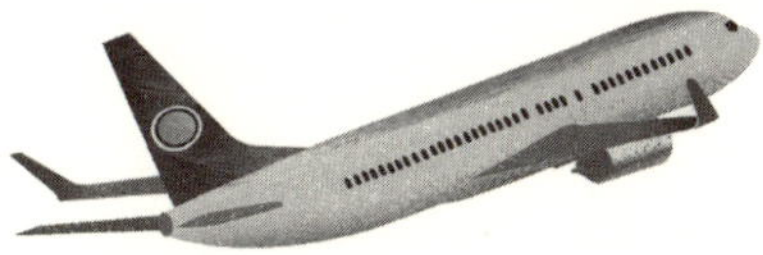

1. KAPITEL

Anfangs konnte ich sie nicht leiden. Nein, das trifft es nicht. Es war schlimmer. Ich habe sie gehasst. So sehr, wie man als Dreizehnjähriger hassen kann, und da ist Platz für eine ganze Menge Hass. Aber das wisst ihr wahrscheinlich selber. Das brauche ich euch nicht erst zu erzählen.

Das mit dem Hass hatte übrigens nichts damit zu tun, dass ihre Eltern reicher sind als meine. Ehrlich nicht! Von mir aus könnte denen die ganze Welt gehören, wäre mir völlig egal. Außerdem tut sie das ja auch. Irgendwie jedenfalls. Ihr Vater ist Pilot und ihre Mutter Stewardess. Die waren schon überall. Zu Hause sind die eher selten, und wenn ich die Wahl und das nötige Kleingeld hätte, würde ich es genauso machen. »Diese Stadt ist nicht mal halb so groß wie der Friedhof von Chicago, aber doppelt so tot«, hat mein Opa früher immer gesagt und das stimmt. Überall ist es besser als hier, aber das ist auch ziemlich einfach.

Es ist nicht so, dass sie mit dem Fliegerjob ihrer Eltern ständig rumgeprahlt hätte. Nur ab und zu hat sie Sachen in die Schule gebracht, die ihre Eltern aus den letzten Ecken der Welt als Mitbringsel angeschleppt hatten. Gruselige Holzmasken aus Afrika, bunt bemalte Straußeneier aus Australien oder riesige karibische Schneckenmuscheln, in denen man das Meer rauschen hört, wenn man sie sich ans Ohr hält. Dann kamen alle angerannt, um zu sehen, was sie diesmal dabeihatte. Ich nicht. Ich blieb auf meinem Stuhl hocken und habe höchstens unauffällig aus der Ferne einen Blick riskiert. Sehen konnte ich nichts, weil alle um sie herumstanden, bis unser Lehrer kam und die Versammlung aufgelöst hat, um mit dem Unterricht anfangen zu können.

Glaubt jetzt bloß nicht, dass ich irgendwie neidisch auf sie war. Das ist totaler Quatsch. Es interessierte mich nur einfach nicht, und dass alle sie mochten, war mir auch egal. Ich bin sowieso lieber für mich allein. Und dass sie besser in der Schule ist, fließend Englisch und Französisch spricht, gut rechnen kann und außerdem noch toll aussieht, hat mich auch nicht gestört. Das ist ja nicht ihr Verdienst. Sie hat einfach Glück gehabt, dass sie schlank und groß ist und glatte blonde Haare und keinen einzigen Pickel im Gesicht hat. Nicht so wie ich. Aber ich finde Perfektion ja sowieso eher langweilig. Die anderen Jungen in unserer Klasse finden Perfektion überhaupt nicht langweilig, die finden sie alle einfach nur todschick.

Okay, ich gebe es zu. Wahrscheinlich war ich doch ein bisschen neidisch. Aber das ist nicht der Grund, warum ich sie nicht leiden konnte.

Der Grund, warum ich sie hasste, war Fußball.

Sie und ich spielen in derselben Mannschaft, weil es bei uns im Verein zu wenige Mädchen für ein eigenes Team gibt. Wir sind beide Torhüter. Und genau das war das Problem. Jede Mannschaft braucht nur einen Torwart auf dem Platz, während sich der andere draußen auf der Bank langweilt.

Und jetzt dürft ihr drei Mal raten, wer von uns beiden die ganze Saison von außen zuschauen musste?

Richtig, und es ist nicht besonders lustig, am Rand zu sitzen und nur darauf zu warten, dass sich die Nummer eins verletzt oder so oft danebengreift, dass der Trainer gar nicht mehr anders kann, als sie auszuwechseln. Ist aber leider nicht vorgekommen. Nicht bis zum allerletzten Spieltag.

Ich saß mal wieder auf der Ersatzbank und hatte ein Buch dabei, das wir für die Schule lesen mussten: *In achtzig Tagen um die Welt*. Ich starrte auf die Seiten, ohne auch nur ein einziges Wort zu kapieren, das ich da las. Als ich aufschaute, traten unsere Gegner gerade einen Eckstoß. Sie ging raus, um den Ball mit beiden Händen aus dem Strafraum zu fausten. Das hätte auch fast geklappt, wäre da nicht der Mittelstürmer der anderen Mannschaft gewesen. Beide stiegen gleichzeitig hoch. Sie, um den Ball wegzuhauen, er, um ihn reinzuköpfen. Dabei knallten sie mit ihren Schädeln aneinander. Das hörte man bis auf die Bank, und wenn ich mich daran erinnere, kribbelt das heute noch unter meiner Kopfhaut, als wenn es mir selber passiert wäre.

Dann lag sie auf dem Boden und rührte sich für einen ewig langen Moment nicht mehr. Ich weiß noch genau, wie schlecht ich mich fühlte, weil ich für eine Sekunde hoffte, sie würde gar nicht mehr aufstehen. Na ja, nicht nie wieder aufstehen, aber zumindest so lange nicht, bis sie ausgewechselt werden musste.

»Mach dich fertig, Tobi«, sagte der Trainer zu mir und da legte ich das Buch zur Seite, zog meinen Trainingsanzug aus und machte ein paar Kniebeugen.

Nicht, weil das wirklich was bringt. So ein paar Kniebeugen wärmen einem ja die Muskeln nicht auf, so von einer Sekunde auf die andere, sondern nur, weil man das eben so macht, wenn man eingewechselt wird. Auch in der Bundesliga.

Ich war gerade fertig, als sie wieder auf die Beine kam. Der Schiedsrichter stand neben ihr, ziemlich genau am Elfmeterpunkt, und redete auf sie ein. Ich wollte mir meine Trainingsjacke schon wieder anziehen und ehrlich gesagt war ich mittlerweile auch gar nicht mehr so unglücklich darüber. Bei jedem anderen Spiel hätte ich mich riesig gefreut, endlich mal nicht nur beim Training, sondern in einem richtigen Spiel zwischen den Pfosten stehen zu dürfen. Aber nicht bei dem hier. Das Ganze war mir ein bisschen zu groß und zu heiß und zu unheimlich. Das war nämlich kein gewöhnliches Spiel, hier ging es um den Titel.

Gewannen wir, waren wir Meister. Verloren wir, waren wir nur Vizemeister. Es ging also um alles oder nichts, denn Zweiter ist nichts. Ich weiß, wovon ich rede, und es stimmt auch nicht, wenn die Leute immer sagen: Der zweite Platz ist doch auch was Schönes, da kann man stolz drauf sein. Am Arsch. Ich bin zweiter Torwart.

Zweiter ist nichts.

Es waren nur noch fünf Minuten zu spielen, und da konnte ich nur verlieren, weil wir eins zu null in Führung lagen. Wenn ich in den letzten Minuten einen Treffer kassierte, war ich der Depp. Und wenn ich den Vorsprung halten würde, wäre ich trotzdem kein Held, weil sie es ja gewesen war, die die Mannschaft mit ihren Paraden über die ganze Saison an die Spitze geführt hatte. Ich hatte nichts zu gewinnen, außer einer kurzen Notiz im Spielbericht, dass ich in der fünfundachtzigsten Minute den Rasen betreten hatte.

Ich hatte meine Trainingsjacke schon wieder an, als der Schiedsrichter unserem Trainer ein Zeichen gab, dass seine erste Torhüterin wohl doch nicht mehr weiterspielen konnte. Unser Coach nickte mir zu und flüsterte: »Verkack es nicht, Tobi.«

Ich sagte nichts, sondern nickte nur zurück und zog mir die Jacke wieder aus. Dann schnappte ich mir meine Handschuhe und machte noch mal ein paar Kniebeugen. Nicht um mich aufzuwärmen, sondern nur, damit die anderen nicht merkten, dass ich am ganzen Körper zitterte.

Wir begegneten uns an der Seitenlinie, aber ich glaube nicht, dass sie mich gesehen hat. Aus einer üblen Platzwunde an der Stirn lief ihr Blut übers Gesicht, und das sah so eklig aus, dass mir für einen Moment schwindlig wurde. Ihr scheinbar auch. Unser Trainer musste sie am Arm führen, damit sie nicht mit den Beinen einknickte. Ihr Blick war nach dem Zusammenstoß ganz neblig, so als würde sie durch eine Milchglasscheibe gucken. Ich klopfte ihr tröstend auf die Schulter, weil man das halt so macht und weil ich genau wusste, dass mich alle anstarrten. Da wollte ich nicht unsportlich sein. Ich ließ mir dann extra viel Zeit auf dem Weg zum Tor. Wir lagen mit einem Treffer vorn, und desto später ich im Strafraum ankam, desto kürzer würde das Spiel dauern und desto geringer war die Chance, dass ich den Sieg mit einer unglücklichen Aktion noch verspielen konnte. Ich glaubte nämlich nicht, dass der Schiedsrichter die ganze Zeit nachspielen ließ, die sie auf dem Boden gelegen hatte. Und das tat er ja auch nicht. War aber auch wieder nicht gut. Nicht für uns jedenfalls.

Die anderen Jungs aus meiner Mannschaft versuchten, sich ihre Sorge nicht ansehen zu lassen, als ich an ihnen vorbei zum Tor schlenderte. Ein paar lächelten mir aufmunternd zu, andere guckten weg. Nur die Gegner grinsten fies. Alle. Ich glaube, damit wollten sie mich nur verunsichern, was ihnen auch gelang.

Als ich endlich im Strafraum ankam, schnappte ich mir den Ball und trat den Freistoß, den der Schiedsrichter uns gegeben hatte. Ich passte zu einem meiner Mitspieler und das klappte wunderbar. Der Pass ging genau dahin, wo er hinsollte. Ich war ganz erleichtert und dachte, so schlimm wird es schon nicht werden. In den nächsten Minuten stimmte das auch. Es lief gar nicht so schlecht für mich. Einmal musste ich eine gegnerische Flanke aus der Luft pflücken und ein anderes Mal einen Fernschuss parieren. Aber der war nicht besonders platziert geschossen und das mit dem Hechten wäre gar nicht nötig gewesen. Das hatte ich nur gemacht, weil es besser aussieht, wenn man als Torwart auch mal in die Ecke springt.

Es ging tatsächlich viel besser als erwartet, bis dann der Konter kam. Einer der Gegner lief mit dem Ball direkt auf mich zu und ich musste mich entscheiden: stehen bleiben oder rauslaufen. Ich entschied mich für das Laufen und das war ein Fehler. Vielleicht hätte er das Tor auch gemacht, wäre ich stehen geblieben. Ganz sicher wäre es nicht so peinlich gewesen. Er tunnelte mich, lief rechts um mich herum und schob den Ball dann lässig mit links ins Tor. Noch lauter als der Jubel unserer Gegner war das Stöhnen meiner Mitspieler. Genau in dem Moment zog hoch oben am Himmel ein Flieger über den Platz, und für einen Augenblick dachte ich, dass ich da gern drin sitzen würde, Tausende Kilometer weit weg.

Der nächste Treffer, den ich kassierte, war so ein Kullerball, der in letzter Sekunde noch vom Knie eines Verteidigers fies abgefälscht wurde. Ich sah nicht gut dabei aus, weil ich schon auf dem Weg in die andere Ecke war. Als ich merkte, dass sich das nicht mehr lohnte, blieb ich einfach stehen. Von außen muss das gewirkt haben, als würde ich einfach nur zugucken, wie der Ball über die Linie kullerte.

Kurz darauf war das Spiel zu Ende und wir nur Vizemeister.

Und wem, glaubt ihr, gaben nachher alle die Schuld daran?

2. KAPITEL

In der Kabine war es ganz still. Keiner sprach. Nicht mal der Trainer sagte was. Kein aufmunterndes Wort von wegen: »Nächstes Jahr schaffen wir es bestimmt, ihr werdet schon sehen, dann machen wir sie fertig.« Irgendwas in der Art, was Trainer in so einer Situation meiner Meinung nach sagen sollten.

Tat er aber nicht, und das lag vielleicht auch daran, dass es für uns keine Revanche geben würde. Wir waren alle kurz vor dem Wechsel in die nächste Altersklasse, und viele von uns hatten schon angekündigt, dass sie nach der Saison die Mannschaft verlassen würden.

In der Umkleide hockten alle auf den Bänken und starrten auf den Boden. So als wenn dort irgendwas Interessantes zu sehen wäre. Aber da gab es nichts zu sehen, außer dreckigen Fußballschuhen und verschwitzten Klamotten, die überall verstreut lagen. Ich glaube ja sowieso, dass die alle nur auf den Boden gestarrt haben, um mich nicht angucken zu müssen.

»Okay, es tut mir leid.«

Das war meine Stimme. Ich wollte das gar nicht sagen, aber es rutschte mir so raus, weil ich die Stille nicht mehr ertragen konnte. Als Antwort erhielt ich nur ein undeutliches Gemurmel, aus dem ich nicht heraushören konnte, ob es verzeihend oder anklagend gemeint war.

»Das war einfach Pech beim ersten Tor und mal ehrlich, eigentlich hätte die Verteidigung den Stürmer gar nicht durchlassen dürfen«, redete ich weiter, weil ich irgendwie das Bedürfnis hatte, das zu klären. »Und für den zweiten Treffer konnte ich auch nichts. Der war abgefälscht, das ist einfach extrem unglücklich gelaufen.«

Wieder nur Gemurmel.

»Sie hätte die auch nicht gehalten!«

Natürlich wusste jeder in der Kabine, wer mit *sie* gemeint war.

Im Gegensatz zu den anderen Spielerinnen saß sie diesmal auch bei uns in der Jungenkabine. Sonst hat sie immer eine eigene. Sie hatte schon die ganze Zeit still auf einer Bank gehockt und sich einen Eisbeutel gegen die Stirn gedrückt, genau an die Stelle, mit der sie gegen den Schädel des Stürmers geknallt war. Jetzt legte sie den Beutel weg, kam auf mich zu und stellte sich direkt vor mich. Das war ein bisschen blöd, weil ich saß und sie stand. Da musste ich zu ihr aufschauen und das war nicht gut. »Klar hätte ich.«

Keiner der anderen sagte ein Wort, aber die Stille hatte sich verändert, und es war nicht besonders schwer zu entscheiden, bei wem die Sympathien meiner Mannschaftskollegen lagen.

»Nie im Leben, die beiden Treffer waren unhaltbar«, log ich trotzig und stand auf, damit ich nicht weiter zu ihr hochgucken musste.

»Die hätte sogar meine Oma gehalten«, erwiderte sie und das klang ein bisschen kindisch, fand ich.

Hätte meine Oma gehalten … das sagt man vielleicht im Kindergarten oder in der Grundschule, aber doch nicht mehr in der siebten Klasse. Trotzdem lachten alle und das war kein gutes Zeichen. Nicht für mich.

Erst jetzt bemerkte ich, dass sie lächelte. Das war mir vorher gar nicht aufgefallen, weil ich nur auf die Platzwunde an ihrer Stirn gestarrt hatte. Die wurde ja jetzt nicht mehr von dem Eisbeutel verdeckt und sah ziemlich gruselig aus. Da habe ich lieber auf ihr Lächeln geschaut, aber besser war das auch nicht. Dabei war gar nicht klar, ob das so ein fieses, herablassendes Lächeln war oder ob das vielleicht sogar nett gemeint war.

Denn so richtig mies war sie eigentlich nie zu mir gewesen und das habe ich immer bedauert. Wenn einer richtig mies zu einem ist, kann man den ja viel leichter hassen, als wenn er sich freundlich, nett und hilfsbereit benimmt. Und das hat sie, das kann ich nicht bestreiten. Leider.

Auch bei unserem Torwarttraining hat sie mir oft geholfen und mir Tipps gegeben. Und wenn es darum ging, dass wir dem anderen aufs Tor schießen sollten, hat sie ihre Bälle so platziert, dass ich immer die Chance hatte, sie zu kriegen. Im Gegensatz zu mir. Ich habe mir immer die Winkel ausgesucht, wenn ich an der Reihe war. Auch auf die Gefahr hin, dass ich nachher ewig lang laufen musste, um die Bälle zu holen, die ich am Tor vorbeigefeuert hatte. Beim Einsammeln hat sie mir sogar geholfen und das hat mich echt auf die Palme gebracht. Jedes Mal, auch wenn ich es mir nie habe anmerken lassen.

Jetzt konnte ich es nicht mehr runterschlucken. Es war einfach zu viel, weil sie so viel perfekter war als ich und wegen der zwei Tore, die ich kassiert hatte, wegen ihrer Piloteneltern und weil sie immer noch so nett lächelnd vor mir stand.

Ich habe nicht zugeschlagen, das nicht. Schließlich ist sie ein Mädchen und außerdem war sie verletzt und ich schlage keine Mädchen und verletzte Mädchen erst recht nicht. Vor allem keine, die vielleicht sogar stärker sind als ich. Ich fing einfach an zu brüllen. Ohne darüber nachzudenken, was ich brüllte. Das kam alles weniger aus meinem Kopf, sondern mehr so aus dem Bauch. Ganz, ganz tief aus meinem Bauch, aus einer Tiefe, von der ich gar nicht wusste, dass es die überhaupt gibt.

Ich weiß nicht, wie lange ich gebrüllt habe. Ich weiß nur, dass mich alle angeglotzt haben, weil ich sonst mehr so der ruhige Typ bin und eher selten etwas sage. Jetzt konnte ich gar nicht mehr aufhören.

Ich schrie alles raus, was mir schon seit Ewigkeiten auf die Nerven gegangen war, und es kann sein, dass das meiste davon sie abbekommen hat. Ganz am Ende rutschte mir dann was richtig Bescheuertes raus. Wahrscheinlich lag es an diesem Buch, das wir gerade in der Schule lasen. Das heißt, ich hatte es ja gar nicht richtig gelesen, sondern mir nur die Zusammenfassung bei Wikipedia runtergeladen. Aber irgendwas muss da hängen geblieben sein, weil ich ihr am Ende meiner Wutrede folgenden Satz in ihr verblüfftes Gesicht brüllte: »Und selbst wenn du in achtzig Tagen um die Welt reisen würdest, wäre mir das völlig egal. Aber so was von egal! Das kannst du dir gar nicht vorstellen, wie egal mir das wäre!«

Ich hab euch ja schon gewarnt, dass das totaler Blödsinn war, und das beweist auch, dass dieser ganze Wortdurchfall, den ich da in der Umkleidekabine abgesondert habe, nicht aus meinem Kopf, sondern wirklich aus meinem Bauch kam. Noch viel bescheuerter aber war, was sie dann sagte, auch wenn es nur ein einziges Wort war.

»Acht!«

»Wie acht? Was denn für eine Acht?«, stotterte ich, weil mich die Zahl komplett aus dem Konzept brachte. Nicht, dass ich eins gehabt hätte, aber jetzt war ich völlig durcheinander.

»Acht Tage. Ich reise in acht Tagen um die Welt, nicht in achtzig. Wetten wir?« Sie hielt mir die Hand hin, so als erwartete sie tatsächlich von mir, dass ich in diese völlig durchgeknallte Wette einschlagen würde.

Ich bemühte mich, an ihr vorbeizuschauen, dabei begegnete ich den Blicken der anderen Jungs aus unserer Mannschaft, die neugierig zurückstarrten, weil sie wissen wollten, wie ich auf das Angebot reagieren würde.

»Was ist? Um was wetten wir?« Sie hielt immer noch die Hand ausgestreckt.

»Keine Ahnung«, murmelte ich, und weil mir nichts Besseres einfiel, schob ich schnell hinterher. »Die Ehre?«

»Abgemacht«, erwiderte sie und schob ihre Hand so dicht an mich ran, dass ihre Finger fast meine Brust berührten.

»Das ist doch totaler Blödsinn«, sagte ich und lachte. »Und selbst wenn, das kann doch gar keiner kontrollieren, ob du wirklich um die Welt reist oder ob du dich zu Hause einschließt und dich die ganze Zeit vor den Computer hockst.«

Ich war ganz stolz auf mich, weil mir doch noch etwas eingefallen war, um aus der Sache wieder rauszukommen. Und überrascht war ich auch, weil in meinem Kopf das totale Chaos herrschte. So als wäre *mein* Schädel gegen den Kopf des Stürmers geknallt und nicht ihrer.

»Da hast du recht«, räumte sie ein und ihr Lächeln verwandelte sich in ein breites Grinsen. »Dann musst du eben mitkommen, um zu kontrollieren, dass ich nicht trickse.«

»Was?«

»Du kommst einfach mit. Als Zeuge«, erklärte sie so selbstverständlich, als hätte sie gerade vorgeschlagen, dass ich sie zum Kiosk begleite und nicht einmal um die ganze Welt. »Mein Vater hat genug Freimeilen, weil er doch ständig unterwegs ist. Die reichen locker für uns beide und ich kenne sein Passwort, da können wir uns die Tickets im Internet reservieren lassen.«

»Tickets? Was denn für Tickets?«, fragte ich verwirrt.

»Für die Flüge natürlich, oder willst du lieber laufen und schwimmen?«

Ich schüttelte nur den Kopf, weil ich das ganz sicher nicht wollte. Fliegen allerdings auch nicht. Ich war noch nie geflogen und hatte auch nicht das Bedürfnis, es auszuprobieren, weil die Dinger andauernd vom Himmel fallen. Das sieht man ja ständig in den Nachrichten.

»Nächste Woche sind Ferien oder hast du schon was Besseres vor?«

Was sollte ich darauf antworten? *Klar habe ich schon was*

Besseres vor als eine Weltreise. Ich fahr mit meinen Eltern vierzehn Tage an die Nordsee.

Das wäre nicht sehr überzeugend gewesen, aber zutreffend. Wir fahren nämlich immer an die Nordsee, immer in dieselbe Pension und immer an denselben Strand, an dem wir jedes Jahr denselben Strandkorb mieten.

Sie schob ihre Hand noch ein Stück weiter auf mich zu. Ihre Fingerkuppen stießen gegen meine Brust und ich trat unwillkürlich einen Schritt zurück. Weiter nach hinten konnte ich aber nicht, weil sich jetzt schon die Garderobenhaken in meinen Rücken bohrten. Es war immer noch ganz still. Alle starrten auf ihre Hand, die immer noch in der Luft hing wie so eine eingefrorene Revolverkugel in einem Trickfilm.

Ich wischte meine verschwitzten Finger an meiner Sporthose ab, schlug ein und versuchte, möglichst lässig zu klingen, als ich »Von mir aus, warum nicht?!« antwortete.

Nicht, weil ich wirklich mit ihr auf Weltreise gehen wollte, sondern weil es die einzige Möglichkeit war, aus der Sache wieder rauszukommen. Ich glaubte ja sowieso nicht, dass sie das wirklich ernst meinte, und immerhin hatte die Wette den Vorteil, dass ich sicher sein konnte, dass keiner mehr über die zwei Tore reden würde, die ich kassiert hatte. Ab jetzt würden alle nur noch über unsere Weltreise sprechen, zumindest bis zum nächsten heißen Thema. Ich konnte also ruhigen Gewissens einschlagen, zu befürchten hatte ich nichts.

Alexandra lächelte, als ich meine Hand in ihre legte.

Hatte ich eigentlich schon erwähnt, dass sie Alexandra heißt?

Ich glaube nicht.

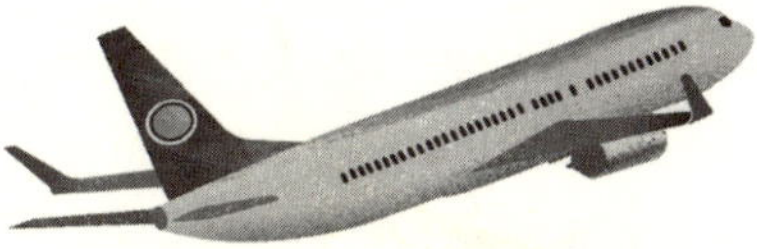

3. KAPITEL

Als ich nach Hause kam, war niemand da. Es ist meistens niemand da, weil meine Eltern beide viel in ihrer kleinen Bäckerei arbeiten. Reich werden sie trotzdem nicht. Aber es langt für das Nötigste und zwei Wochen Urlaub an der Nordsee in den Sommerferien.

Ich schmiss meine dreckigen Fußballsachen in den Wäschekorb und legte mich aufs Sofa. Dabei fiel mein Blick auf den alten Globus, der bei uns auf der Fensterbank steht. Das ist ein Erbstück von meinen Großeltern. Der ist so alt, dass darauf sogar noch die Grenzen der alten DDR eingezeichnet sind und Jugoslawien und die komplette Sowjetunion, obwohl es die ja schon lange nicht mehr gibt. Als ich kleiner war, habe ich es geliebt, meinen Zeigefinger über die Oberfläche gleiten zu lassen und davon zu träumen, all diese Länder auch zu besuchen, die ich gerade berührte. Noch besser aber fand ich es, dem Globus einen Schubs zu geben. Dann hat er sich ganz schnell gedreht, und ich habe mir vorgestellt, wie die Menschen sich an Bäumen oder Zäunen festklammern müssen, um nicht durch die Fliehkraft von der Erdoberfläche gefegt und ins Weltall geschleudert zu werden. Meistens habe ich den Globus dann schnell wieder angehalten, weil ich ein schlechtes Gewissen hatte. Dabei war das ja alles nur Einbildung.

Ich schnappte mir meinen Laptop vom Wohnzimmertisch und loggte mich in meinen Blog ein. Seit gestern hatte sich da nicht viel getan, weil ich nichts Neues gepostet hatte. Die Bezeichnung Blog ist vielleicht ein bisschen übertrieben. Ich schreibe da keine ewig langen Texte rein, sondern nur kurze Sätze und Gedanken. Was mir eben so durch den Kopf geht, wenn ich bei unseren Spielen auf der Ersatzbank sitze. Das meiste habe ich sowieso schon wieder vergessen, wenn ich zu Hause bin. Also blogge ich nur das, an das ich mich noch erinnern kann. Was meistens nicht so wahnsinnig viel ist. Klar könnte ich die Posts auch per Handy direkt von der Bank absetzen. Wäre aber keine so gute Idee.

Einmal hat unser Topstürmer seiner Freundin eine Nachricht schicken wollen, nachdem er beim Stand von 5 : 1 für uns ausgewechselt worden war. Er hatte gerade zwei Wörter getippt, da hat es unser Trainer gemerkt und ist so ausgeflippt, dass er glatt das 6 : 1 verpasst hat.

Deswegen texte ich immer erst vom Sofa aus etwas auf meiner Seite. Die heißt »Der mieseste Torwart der Welt«, und anscheinend finden viele Leute es beruhigend, dass es einen Torhüter gibt, der noch mieser ist als sie. Ich habe jedenfalls ein paar hundert Follower, die alles lesen, was ich schreibe, und das meiste davon dann auch kommentieren. Es stimmt nämlich nicht, dass ich keine Freunde habe. Ich habe sogar eine ganze Menge. Ich kenne halt nur keinen davon, zumindest nicht persönlich.

Auf ihren Profilfotos sehen die meisten meiner Internetkumpel nicht gerade aus wie Spitzensportler, sondern eher so wie ich: klein, dünn, picklig. Zumindest die, die sich trauen, ihre eigenen Bilder zu verwenden.

Ein paar andere benutzen Fotos von Manuel Neuer. Und mal ehrlich, das macht man ja nur, wenn man selber kein so guter Torwart ist und auch nicht passabel genug aussieht, um sein eigenes Bild zu posten. Ich selber benutze auch nicht mein echtes Foto auf dem Blog, sondern das von René Higuita. Das ist ein Torwart aus Kolumbien, der lange schwarze Locken hat und den Spitznamen El Loco trägt. *El Loco* ist spanisch und heißt so viel wie *der Verrückte*. Man sagt ja, dass alle Torhüter ein bisschen irre sind, aber der war es wirklich. Higuita hat in seiner Karriere 52 Tore geschossen und einmal einen Fernschuss nicht mit den Händen, sondern mit den Sohlen seiner Schuhe gehalten, während er so eine Art Handstand gemacht hat. Dabei sah er aus wie ein Skorpion. Viele glauben, dass er der verrückteste Torwart ist, den es jemals gab. Wahrscheinlich haben sie recht, aber ich mag ihn. Sonst hätte ich sein Foto ja nicht zu meinem Profilbild gemacht.

Ich zog den Laptop näher an mich ran, um bequemer schreiben zu können. Über die Wette sagte ich nichts, die galt ja sowieso nicht. Alexandra hatte die Weltreise bestimmt nur vorgeschlagen, weil sie eine Gehirnerschütterung von dem Zusammenknall im Strafraum hatte. Sie war in dem Moment gar nicht zurechnungsfähig gewesen, und das erklärte auch dieses dämliche Lächeln, das ihr die ganze Zeit schief im Gesicht gehangen hatte. Das war von Anfang an eine riesengroße Schnapsidee gewesen, und dass bei ihren Eltern zu Hause so viele Freimeilen rumliegen, um damit zu zweit einmal um die Welt zu jetten, hatte ich ihr in der Umkleide schon nicht geglaubt. Obwohl … ihr Vater ist ja Pilot und ihre Mutter Stewardess, da könnte das natürlich schon sein. Aber selbst wenn, die Wette zählte nicht, und ganz sicher hatte sie die Sache am Montag in der Schule schon wieder vergessen, wenn sich das mit ihrem Kopf einigermaßen normalisiert hatte. Es gab also auch überhaupt keinen Grund, auf meinem Blog die Wette zu erwähnen, die es gar nicht gab, und deswegen notierte ich einfach nur einen einzigen Satz über das Spiel heute.

1 : 0 vor meiner Einwechslung, 1 : 2 danach.

Schon ein paar Sekunden später tauchten die ersten Kommentare auf. Die meisten waren von den treuen Fans, die immer alles liken und kommentieren, was ich veröffentliche. Ihren Profilen nach zu urteilen, waren es dieselben Ersatzbankhocker wie ich, die höchstens bei Freundschaftsspielen die Chance auf einen Einsatz zwischen den Pfosten erhielten. Entsprechend mitfühlend waren ihre Postings.

»Immerhin hast du überhaupt gespielt.«

»Nimm es nicht so schwer, das kann jedem passieren.«

»War halt nicht dein Tag.« Undsoweiterundsoweiter.

Dann gab es natürlich auch ein paar hämische Hatekommentare. Die gibt es immer.

»Du bist so ein erbärmlicher Loser.«

»Hab nix anderes erwartet.«

»Bring dich um und erlöse deine Mannschaft endlich von dir.«

Nichts Ungewöhnliches, sondern so weit alles normal. Dann aber tauchte unter den ganzen Posts ein neuer Kommentar auf und der war anders, ganz anders.

»Acht Tage.«

Ich erschrak so heftig, dass mir der Laptop fast vom Bauch gerutscht und auf den Boden gefallen wäre. Nur dank einer meiner seltenen Torhüterreflexe bekam ich ihn im letzten Moment noch zu fassen.

»Wer bist du?«, tippte ich schnell, obwohl ich ja wusste, wer es war. Ich spürte es einfach, obwohl ihr Profil kein Foto hatte und sie unter dem Namen Chilavert im Netz unterwegs war. Chilavert war auch so ein verrückter südamerikanischer Torhüter und der einzige Torwart überhaupt, dem in einem Spiel mal ein Hattrick gelungen ist. Keine Ahnung, woher sie wusste, dass ich hinter dem Blog »Der mieseste Torwart der Welt« steckte. Bislang hatte Chilavert noch nie etwas von dem gelikt oder kommentiert, was ich auf meiner Seite geschrieben hatte. Das wäre mir bestimmt aufgefallen bei dem ausgefallenen Nickname.

Ich wartete noch fünf Minuten, aber es kam keine Antwort mehr von ihr. Dafür wurde der Strang mit den Kommentaren immer länger und auch immer langweiliger, weil eigentlich immer dasselbe drinstand. Ich stellte den Rechner zurück auf den Wohnzimmertisch. Dabei fiel mein Blick wieder auf den

Globus. Ich stand vom Sofa auf und ging zur Fensterbank hinüber. Mit meinem Daumen gab ich der Weltkugel einen Stoß, aber nur einen ganz sanften. Langsam drehte sich der Globus, und ich ließ meinen Finger über die Kontinente gleiten, genauso wie ich es als kleines Kind getan hatte. Von wegen acht Tage, so eine Erdumrundung war locker in fünf Sekunden zu schaffen. Ich wollte der Kugel gerade einen neuen Schubs geben, als ich den Schlüssel in der Tür hörte.

Meine Eltern kamen nach Hause. Sie hatten sogar am Sonntag noch gearbeitet und sahen beide ziemlich erschöpft aus. Aber da war noch irgendetwas anderes in ihrem Blick, etwas, was ich nicht sofort deuten konnte. Freude, Glück und Spaß konnte ich ausschließen, davon war nichts in ihren Augen zu erkennen.

»Und? Habt ihr gewonnen, Tobi?« Ich konnte hören, dass die Antwort meinen Vater nicht wirklich interessierte. Er fragte nur, weil er glaubte, dass mir das Spiel wichtig war.

»Nein, knapp verloren«, erwiderte ich, ohne weiter ins Detail zu gehen.

»Hast du wenigstens gespielt?« Die Stimme meiner Mutter klang, als wenn sie bis eben noch geweint hätte.

»Ja, aber nur kurz«, antwortete ich wahrheitsgemäß. »Stimmt was nicht?«

Ich nahm nämlich nicht an, dass meine Mutter wegen unserer Vizemeisterschaft geweint hatte. Da musste etwas anderes passiert sein.

»Opa geht es nicht gut«, erklärte mein Vater.

»Ist er sehr krank?«, fragte ich besorgt.

»Ja, leider. Er liegt im Krankenhaus, und es ist nicht klar, ob er da wieder rauskommt«, sagte mein Vater, während meine Mutter erneut zu weinen begann. »Wir haben beschlossen, den Nordseeurlaub abzusagen. Deine Mutter und ich fahren morgen für zwei Wochen zu ihm. Er braucht uns jetzt.«

»Und ich?«, fragte ich und schämte mich im selben Moment dafür, weil mein erster Gedanke mir selber galt.

»Wir dachten, dass du bestimmt lieber hierbleibst«, erwiderte mein Vater. »Du bist ja schon groß. Wir lassen dir Geld fürs Essen da und für alles, was du sonst noch brauchst. Wir dachten, dass du wahrscheinlich keine Lust hast, zwei Wochen an einem Krankenbett zu sitzen.«

Da hatten sie recht. Mit dem Groß-genug-sein-um-zwei-Wochen-allein-zu-bleiben und mit dem keine-Lust-am-Krankenbett-zu-sitzen auch. Ich bin kein guter Krankenhausbesucher, weil ich den Geruch dort nicht mag und auch nie weiß, was ich da sagen soll.

Ich nickte nur, und meine Mutter kam zu mir, um mich in den Arm zu nehmen. Ich ließ es zu, obwohl ich mich dafür eigentlich schon ein bisschen zu alt fühle. Sie weinte immer noch, und ich spürte, wie meine Schulter von ihren Tränen ganz nass wurde. Irgendwann umarmte ich sie dann auch und da heulte sie noch mehr. Und ich, ich überlegte, ob ich das jetzt gut finden sollte oder nicht, dass ich ab morgen zwei Wochen ganz für mich allein hatte.

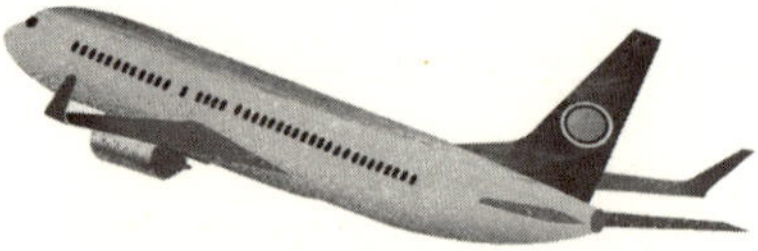

4. KAPITEL

In den letzten Tagen vor den Sommerferien passierte nicht mehr so wahnsinnig viel, aber das ist ja jedes Jahr so. Sobald die Noten feststehen, zeigen die Lehrer lieber Filme, statt Unterricht zu machen, damit überhaupt noch jemand kommt. Alexandra habe ich nach dem Wochenende in der Schule überhaupt nicht mehr gesehen. Ich habe sie aber auch nicht unbedingt gesucht, weil ich keine Lust hatte, mit ihr über unsere dämliche Wette zu reden. Die Jungs aus der Mannschaft sprachen mich auch nicht darauf an, und das bewies ja nur, dass das von denen auch keiner so richtig ernst genommen hatte. Ich bekam nur ein paar Sprüche zu hören, wegen der zwei blöden Tore, die ich kassiert hatte. Aber damit konnte ich leben.

Vielleicht kam sie nicht mehr zur Schule, weil sie die Filme alle schon gesehen oder einfach Wichtigeres zu tun hatte, als in einem Klassenzimmer zu hocken, in dem die Verdunklung nicht richtig funktioniert. Vielleicht aber tat ihr immer noch der Kopf weh, und sie lag im Bett, um sich auszukurieren. Vielleicht war sie tot. Eine plötzliche Hirnblutung als Folge des Zusammenpralls. Auf dem Weg ins Bad ist sie einfach umgekippt und gestorben. Das ist alles ganz schnell gegangen und sie hat kaum was gespürt. Zum Glück.

Ich schüttelte den Kopf, um den Gedanken zu vertreiben, und schämte mich, weil ich bei der Vorstellung einen leichten Triumph gespürt hatte. Aber das war natürlich Blödsinn. Wenn sie tatsächlich gestorben wäre, hätte sich das längst in der Schule rumgesprochen. Im Gegensatz zu mir hatte sie da ja reichlich Freunde.

Sie kam dann nicht mal mehr in der Schule vorbei, um sich am letzten Tag ihr Zeugnis abzuholen. Sie konnte sich das leisten, es standen sowieso nur Einsen und höchstens mal eine Zwei drauf. Meine Noten waren nicht so gut, in Wahrheit waren sie eher schlecht. Ich hatte die Versetzung auch in diesem Jahr gerade eben so geschafft und war ganz froh, dass meine Eltern schon zu meinem kranken Opa gefahren waren. Da brauchte ich ihnen mein Zeugnis nicht zu zeigen. Nicht, dass ich Ärger wegen der vielen Vieren bekommen hätte, eher so einen schwer enttäuschten Blick, weil meine Eltern doch so viel arbeiten und ich für die Schule eher wenig tue. Und ehrlich gesagt ist dieser Blick viel schlimmer, als wenn sie richtig sauer auf mich wären oder mich anbrüllen würden.

Als ich nach dem letzten Schultag zu Hause ankam, hatte ich die vielen Vieren schon vergessen. Dass ich die nächsten Wochen ganz allein sein würde, machte mir nichts aus. Im Gegenteil, ich freute mich jetzt sogar über die freie Zeit, die vor mir lag. Ich konnte tun und lassen, was ich wollte. Niemand, der mich weckte, wenn ich um zwölf noch schlief. Niemand, der sich beschwerte, wenn ich bis tief in die Nacht vor dem Computer hockte. Niemand, der meckerte, wenn ich mich nur von Pizza ernährte. Denn das war überhaupt das Beste. Meine Eltern hatten mir einen braunen Umschlag mit genügend Geld dagelassen, damit ich nicht verhungerte und ab und zu auch mal ins Kino oder Schwimmbad gehen konnte.

Das würden die tollsten Ferien meines Lebens werden, davon war ich überzeugt, als ich mich auf das Sofa warf und mir meinen Laptop schnappte. In den letzten Tagen hatte jemand in der Kommentarspalte meines Blog Zahlen hinterlassen. Die erste Zahl war eine *Fünf* gewesen, dann folgte eine *Vier*, eine *Drei*, eine *Zwei* und gestern – Überraschung, Überraschung – die *Eins*. Absender der geheimnisvollen Zahlenfolge war wieder Chilavert, und das war der endgültige Beweis, dass das mit der tödlichen Hirnblutung totaler Blödsinn und sie zumindest so fit war, dass sie die Tastatur ihres Rechners bedienen konnte.

Im Nachhinein ist natürlich glasklar, was mit den Zahlen gemeint war. Aber damals war mir das nicht klar gewesen, weil ich ja gar nicht an unsere Wette und die Weltreise glaubte.

Ich ließ mich ein wenig durchs Internet treiben. Einfach so, ohne nach irgendwas Besonderem zu suchen. Dabei findet man immer etwas Spannendes, und eigentlich gibt es gar keinen Grund mehr, überhaupt vor die Tür zu gehen. Sogar meine Pizzas hätte ich mir dort bestellen können, und für einen Moment fand ich die Idee ganz reizvoll, die Wohnung während der gesamten Ferien nicht einmal zu verlassen, sondern einfach hier auf dem Sofa zu liegen und mir alles, was ich brauchte, liefern zu lassen. Je länger ich darüber nachdachte, desto besser gefiel mir die Vorstellung, mit niemandem reden zu müssen. Höchstens mal mit meinen Eltern, wenn die anriefen, um zu hören, wie es mir ging – oder mit dem Pizzaboten, wenn der mir meine Bestellung vorbeibrachte.

Genau in dem Augenblick, als ich mir das vorstellte, schellte es tatsächlich. Ich blieb einfach liegen, weil ich keinen Besuch erwartete und auch nichts bestellt hatte. Es war ja auch noch viel zu früh fürs Abendessen. Es schellte noch einmal. Ich rührte mich immer noch nicht und hoffte, dass es von allein aufhören würde. Tat es aber nicht. Nach dem fünften Klingeln legte ich den Laptop weg und stand auf.

Ich schaute durch den Spion in der Tür.

Draußen stand sie.

Sie hatte mich noch nie besucht, und ich hatte keinen Schimmer, woher sie überhaupt wusste, wo ich wohnte. Ich hielt den Atem an, während ich sie durch den Spion hindurch beobachtete. Sie trug ein Pflaster auf der Stirn, Turnschuhe, Jogginghose, Kapuzenshirt und tippte etwas in ihr Smartphone. Kurz darauf klingelte mein Telefon in meiner Hosentasche und sie steckte ihres zufrieden wieder zurück.

»War doch eh klar, dass du da bist«, rief sie draußen vor der Tür. »Also mach schon auf.«

Dabei bewies das Klingeln meines Handys überhaupt nichts. Ich hätte es ja auch auf dem Telefontischchen bei uns im Flur vergessen haben können.

Obwohl, wer vergisst schon sein Handy zu Hause? Außer vielleicht alte Leute wie meine Eltern.

Das wusste sie natürlich auch, und deswegen grinste sie draußen vor der Tür jetzt noch breiter, als sie rief: »Jetzt mach endlich auf, sonst verpassen wir noch unseren Flieger.«

»Was denn für einen Flieger?«, entfuhr es mir und dafür hätte ich mir am liebsten auf die Zunge gebissen.

Wenn sie bis jetzt noch nicht sicher war, dass ich da war. Nun war sie es.

»Das erkläre ich dir, wenn du mich reinlässt«, sagte sie. »Hier draußen ist es ziemlich ungemütlich.«

Als ich die Tür öffnete, sah ich, dass sie einen Koffer dabeihatte. So einen kleinen silbernen mit vier Rollen unten, damit man ihn nicht tragen muss.

Sie rollerte mit dem Teil an mir vorbei in den Flur und sah sich neugierig um. »Hier wohnst du also?!« Es war weniger eine Frage als eine Feststellung.

»Was willst du?«, fragte ich.

»Dich abholen.«

»Wir haben doch in den Ferien gar kein Training.«

»Unser Flieger geht heute, das sagte ich doch schon. Wir starten in drei Stunden.« Sie schaute auf ihre Uhr. »Ich korrigiere: In zwei Stunden und fünfzig Minuten. Ich habe vergessen, die zehn Minuten abzuziehen, die du mich draußen hast stehen lassen.«

»Diese blödsinnige Wette war doch nur ein Witz!«, erwiderte ich und zeigte auf das Pflaster an ihrer Stirn. »Du standest da in der Kabine doch völlig neben dir!«

»Ich war noch nie so bei mir wie in dem Augenblick. Ich hoffe, dein Pass ist noch gültig? Ist er doch, oder?«

»Ich glaub schon«, erwiderte ich.

Ohne eine Antwort abzuwarten, drehte sie sich um und ging den Flur entlang. Vor der Tür zu meinem Zimmer blieb sie stehen. »Das ist deins, nicht wahr?«

Als ich bei ihr ankam, hatte sie schon angefangen, aus meinem Schrank Klamotten in meine Sporttasche zu räumen.

»Viel wirst du nicht brauchen. Die meiste Zeit sitzen wir eh im Flugzeug. Das ist praktisch, da müssen wir auch nichts zu essen mitnehmen. Das kriegen wir alles an Bord serviert.« Sie hielt zwei Hosen in die Höhe. »Lieber Jeans oder Trainingshose? Jeans ist natürlich schicker, aber die Trainingshose ist bequemer. Ich packe einfach beide für dich ein.«

»Aber das geht doch nicht!«

»Klar geht das. So schwer sind die beiden Hosen nicht.«

»Ich meine diese ganze Reise! Wir können doch nicht einfach so einmal rund um die Welt jetten.«

»Hast du was Besseres vor?« Während sie fragte, ging sie in unser Badezimmer und räumte da meine Zahnbürste, Zahnpasta und mein Deo in die Tasche.

»Ich wollte …« Mitten im Satz brach ich ab, weil es mir plötzlich peinlich war, ihr zu erzählen, dass meine Vorstellung von Glück darin bestand, die nächsten Wochen faul auf der Couch zu liegen. Fast genauso peinlich war mir, dass ich immer noch so eine Kinderzahnpasta benutze, wo auf der Tube ein kleiner Tiger abgedruckt ist. »Meine Eltern kommen bald nach Hause.

Nie im Leben lassen die zu, dass ich mal eben so auf Weltreise gehe. Die Zahnpasta gehört übrigens meinem kleinen Bruder.«

»Erstens hast du keinen kleinen Bruder und zweitens ist es nicht mal eben so. Ich habe die letzten Tage alles genau geplant. Deswegen war ich auch nicht in der Schule. Und die Flüge sind auch schon alle gebucht. Wir fliegen zuerst nach Hongkong, dann weiter nach Los Angeles, von dort nach New York und zurück nach Europa. Dafür brauchen wir nicht mal acht Tage, das schaffen wir locker in sechs.« Sie warf mir die fertig gepackte Sporttasche zu. »Hast du noch nie davon geträumt, einmal um die ganze Welt zu reisen? Außerdem sind deine Eltern gar nicht da. Die sind für zwei Wochen bei deinem kranken Opa.«

»Woher weißt du das?«

»Ich habe eure Nachbarn gefragt«, erklärte sie. »Und jetzt schnapp dir deinen Laptop, hol deinen Pass und zieh die Schuhe an. Das Taxi wartet unten schon auf uns.«

»Und was, wenn meine Eltern nicht weggefahren wären?«

»Dann wären wir heimlich durchgebrannt. Und jetzt mach schon!« Sie holte ihr Handy heraus und öffnete die Stoppuhrfunktion. Dann drückte sie auf den grünen Knopf unter der Zeitanzeige 00:00:00. »Die Zeit läuft.«

»Was denn für eine Zeit?«, fragte ich verständnislos.

»Na die acht Tage oder anders ausgedrückt die hundertzweiundneunzig Stunden oder – wenn dir das lieber ist – die elftausendfünfhundertzwanzig Minuten oder meinetwegen auch die sechshunderteinundneunzigtausendzweihundert Sekunden, die wir Zeit haben, um einmal um die Welt zu reisen.« Sie schaute auf das Display ihres Smartphones. »Davon sind jetzt übrigens schon zwanzig Sekunden weg, ohne dass wir nur einen Meter vom Fleck gekommen sind. Also ein bisschen Beeilung, wenn ich bitten darf.«

Keine Ahnung, warum ich mich nicht gewehrt habe. Aber sie war einfach so bestimmend und duldete so wenig Widerspruch, dass ich tatsächlich in mein Zimmer ging, um meinen Laptop und ein Ladekabel zu holen. Den brauchte ich, weil ich keine Lust hatte, auf der winzigen Tastastur meines Handys rumzutippen. Außerdem würden wir viel Zeit haben und da konnte ich unterwegs vielleicht ein paar Filme gucken.

Als Nächstes suchte ich nach meinen Pass, aber das dauerte, weil ich ihn noch nie benutzt hatte. Meine Eltern hatten den vor ein paar Jahren für mich beantragt. Keine Ahnung warum, wo wir doch noch nie im Ausland waren, sondern immer nur an die Nordsee gefahren sind. Weil sie kein aktuelles Foto von mir hatten, haben sie damals ein Bild von mir aus der dritten Klasse genommen. Das war ziemlich peinlich, aber immerhin war er noch gültig. Das sah ich, als ich ihn endlich doch noch fand.

Auf dem Rückweg fiel mein Blick auf den Globus. Ich ging zur Fensterbank und gab ihm einen leichten Stups. Unter meinem Zeigefinger glitten die Länder dahin, und das war ungefähr genau die Route, die sie mir beschrieben hatte.

»Kommst du?«

Ich stoppte den Globus nicht, sondern ließ ihn langsam austrudeln, während ich mir die Schuhe anzog. Kurz darauf saß ich neben ihr im Taxi – auf dem Weg zum Flughafen.

TAG EINS
Deutschland
1. Juli, 16 Uhr
Der Countdown läuft …

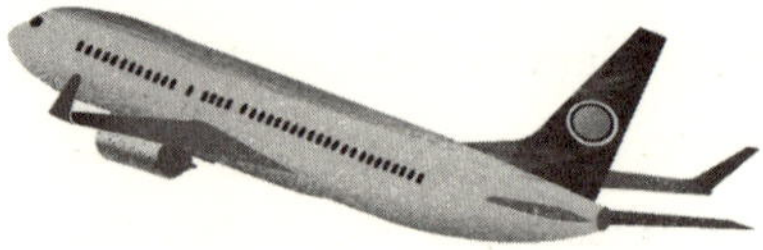

5. KAPITEL

»Brauchen wir keine Visa? Da braucht man doch bestimmt Visa, wenn man durch so viele Länder reist!« Das Taxi war auf der Autobahn unterwegs und die Anzeige für den Fahrpreis raste mindestens so schnell wie der Wagen. Der Taxameter stand bereits bei fünfzig Euro und vom Flughafen war weit und breit noch nichts zu sehen.

»Brauchen wir nicht.« Sie saß neben mir auf der Rückbank und würdigte die Fahrpreisanzeige keines Blickes, sondern schaute die ganze Zeit zum Fenster raus, obwohl es da außer Feldern und Wäldern überhaupt nichts zu sehen gab.

»Wieso nicht?«, fragte ich.

»Weil wir die Flughäfen gar nicht verlassen werden«, erklärte sie, ohne mich anzusehen. »Wir bleiben die ganze Zeit im Transferbereich und warten dort auf unsere Anschlussflüge.«

»Wohin soll eure Reise denn gehen?«, mischte sich der Taxifahrer von vorne ein. Er klang ziemlich gut gelaunt, und das hatte sicher auch was damit zu tun, dass der Fahrpreis mittlerweile schon bei siebzig Euro lag.

»Wir fahren zu unserem kranken Großvater«, erklärte sie,

und ich fand es ziemlich unverschämt, dass sie meinen Opa als Tarnung benutzte. »Der lebt schon seit Jahren in Südamerika und es geht ihm sehr, sehr schlecht. Deswegen besuchen wir ihn, um ihn noch einmal zu sehen, bevor er ...«

»Und da fliegt ihr ganz allein hin? Wie alt seid ihr überhaupt?«, wollte der Fahrer wissen.

»Wir sind sechzehn«, log sie und zumindest bei ihr hätte das durchaus sein können. Sie war Torhüterin, da muss man groß sein. Na ja, muss ist übertrieben. Ich bin schließlich auch Torwart und trotzdem eher so der Zwerg.

Nachdem sie uns gegenüber dem Taxifahrer mal eben um drei Jahre hatte altern lassen, tat sie so, als müsste sie eine Träne verdrücken. »Unsere Eltern sind schon drüben, um sich um Opa zu kümmern. Jetzt sollen wir nachkommen, weil sie in den nächsten Tagen das Schlimmste befürchten.«

»Ihr zwei seid Geschwister?« Der Fahrer sah sich verwundert zu uns um. Dabei geriet sein Wagen auf der Überholspur leicht ins Schleudern, und ich schloss schnell die Augen, weil ich fest damit rechnete, dass wir im nächsten Moment gegen den Lastwagen rechts von uns knallen würden. Es passierte aber nichts, und als ich die Augen wieder aufmachte, schaute der Fahrer zum Glück nach vorne. Der Taxameter war inzwischen bei achtzig Euro, aber immerhin konnte man jetzt am Horizont den Tower des Flughafens erkennen.

»Wir sind sogar Zwillinge«, erwiderte sie. Der Fahrer drehte sich ein zweites Mal herum, und diesmal war ich sicher, dass wir die Fahrt nicht überleben würden. Doch auch diesmal schaffte er es irgendwie, einen Unfall zu vermeiden.

»Echt? Ihr seht euch überhaupt nicht ähnlich.«

»Da sind die meisten überrascht. Aber wir sind ja auch keine eineiigen, sondern nur zweieiige Zwillinge. Nicht wahr?« Dabei stieß sie mich in die Seite. Ich war so perplex über ihre Lügengeschichten, dass ich einfach nur nickte.

»Mein Bruder spricht nur spanisch, deswegen ist er so still«, erklärte sie, und ich hoffte, dass der Fahrer sich jetzt nicht auf Spanisch mit mir unterhalten wollte. Aber anscheinend konnte er kein Spanisch, jedenfalls schwieg er die letzten Kilometer bis zum Terminal.

Als wir anhielten, stand der Taxameter bei fünfundneunzig Euro. Ich stieg schnell aus und holte unsere Taschen aus dem Kofferraum, damit sie gar nicht erst auf die Idee kam, mich den Fahrpreis bezahlen zu lassen.

Als ich ihren Koffer und meine Sporttasche auf dem Bürgersteig abgestellt hatte, sah ich, wie sie in die Tasche griff und einen braunen Umschlag herausholte. Es war mein brauner Umschlag! Der, in dem mir meine Eltern Geld zum Einkaufen dagelassen hatten. Der Umschlag hatte auf dem Küchentisch gelegen, und sie musste ihn genommen haben, als ich in meinem Zimmer war, um den Pass und den Laptop zu holen.

»Hey, das ist mein Geld!«, brüllte ich.

»Ich dachte, dein Zwillingsbruder spricht nur spanisch«, sagte der Taxifahrer.

»Ein paar Brocken Deutsch kann er schon«, erwiderte sie und reichte dem Fahrer zwei Fünfzigeuroscheine. »Stimmt so und danke.«

Dann schmiss sie die Tür zu und das Taxi brauste davon.

»Du hast mich beklaut!« Ich konnte es immer noch nicht fassen, dass sie einfach so den Umschlag vom Küchentisch genommen und eingesteckt hatte.

»Ich bezahle die Flüge, du das Taxi.« Sie zog die Teleskopstange aus, um den Koffer hinter sich herzuziehen. »Ich finde, das klingt nach einem fairen Deal. Außerdem sind ja noch zehn Euro übrig.«

»Zehn Euro, um einmal um die Welt zu reisen?«

»Mach dir mal nicht in die Hose. Ich habe eine Kreditkarte dabei und jetzt komm.«

Sie drückte mir den Umschlag in die Hand und betrat durch die automatische Schiebetür das Flughafengebäude.

Das wäre der perfekte Moment gewesen, mir meine Tasche zu schnappen und mich zurück auf den Weg nach Hause zu machen. Aber ein Taxi kostete knapp hundert Euro, das wusste ich ja jetzt, und ich hatte nur noch zehn. Die reichten nicht mal für ein Bahn- oder Busticket. Klar, ich hätte schwarzfahren oder jemanden fragen können, ob er mich in seinem Auto mitnimmt. Aber das traute ich mich nicht. Und das passiert einem ja oft, dass man in eine große Sache reinrutscht, nur weil man sich bei einer Kleinigkeit einfach nicht traut, den Mund aufzumachen. So wie damals, als ich mit dem Zug meinen Opa besuchen sollte. Ganz allein. Ich saß an so einem Vierertisch im ICE und war zu schüchtern, den Mann, der mir gegenübersaß, zu fragen, wie der nächste Halt hieß. Ich hatte damals die Durchsage nicht verstanden, und weil der Zug Verspätung hatte, galten auch die geplanten Ankunftszeiten nicht mehr. Ich bin einfach still sitzen geblieben und habe deswegen erst zu spät gemerkt, dass ich gerade den Bahnhof verpasste. Als ich mit meinem Koffer an der Tür war, fuhr der Zug schon weiter. An der nächsten Station hat mich dann die Polizei eingesammelt, die hatte mein Opa verständigt. Der hatte sich schon Sorgen gemacht, weil ich nicht ausgestiegen war. Das ist nun auch schon drei Jahre her, aber vom Prinzip her war es dasselbe: Ich traute mich nicht zu trampen, also musste ich stattdessen einmal um die ganze Welt reisen. So einfach war das.

»Ich habe uns online schon eingecheckt, das spart uns Diskussionen am Schalter der Fluglinie.« Sie wartete in der Schlange vor der Sicherheitsschleuse und schien kein bisschen überrascht zu sein, dass ich plötzlich wieder hinter ihr stand. »Gib zu, das ist hier deutlich bequemer als damals in dem Buch.« Sie reichte einem Sicherheitsbeamten unsere Tickets, und der zeigte uns, an welchem Kontrollband wir uns anstellen sollten.

»Was denn für ein Buch?«, fragte ich.

»Na, *In achtzig Tagen um die Welt* natürlich«, erwiderte sie. »Die mussten damals erst mit dem Zug fahren, dann ein Schiff nehmen und zwischendurch sind die sogar auf Elefanten geritten. Sag bloß, du hast das nicht gelesen?«

»Klar habe ich das gelesen«, log ich.

»Ich besorg dir ein Exemplar, dann kannst du es unterwegs lesen«, sagte sie. »Da haben wir viel Zeit, und ich nehme nicht an, dass du daran gedacht hast, dir ein Buch einzustecken, oder?«

Ich schüttelte nur den Kopf, weil meine Aufmerksamkeit

von der Sicherheitsschleuse gefesselt war. Da musste man mit weit abgespreizten Armen durchgehen, und dahinter waren so kleine Kabinen, die sahen fast aus wie Umkleiden, in denen immer wieder einer der Sicherheitsleute mit einem Passagier verschwand.

»Muss ich mich ausziehen?«

»Was?«

»Ob ich mich ausziehen muss, bevor ich an Bord darf«, wiederholte ich meine Frage. »Ich meine ganz. Bei der Kontrolle.«

»Nein, höchstens die Schuhe«, antwortete sie amüsiert. »Wie kommst du denn auf so einen Quatsch? Bist du etwa noch nie geflogen?«

Wieder schüttelte ich nur den Kopf. Ich war noch nie geflogen. Wozu auch? An die Nordsee lohnte sich das gar nicht, da fuhren wir mit dem Zug hin. Und sonst war ich noch nicht so wahnsinnig viel in der Welt rumgekommen. Höchstens mal in die benachbarten Ortschaften, um da am Wochenende von der Bank aus meiner Mannschaft zuzuschauen.

»Ist nicht wahr?« Sie versuchte, ihr Lachen zu unterdrücken, aber es gelang ihr nicht so richtig.

»Gibt es irgendwo ein Gesetz, das einen verpflichtet, vor seinem vierzehnten Geburtstag eine bestimmte Zahl an Flugmeilen zurückzulegen?«, fragte ich sauer.

»Nicht dass ich wüsste.« Sie hob beschwichtigend die Hände in die Höhe. »Irgendwann ist immer das erste Mal. Es ist nur so, dass Fliegen für mich normaler ist als Autofahren. Wenn meine Eltern sich mal ein Wochenende Zeit für mich nehmen, fliegen wir eher nach Rom oder Paris, als dass wir irgendwo mit dem Wagen hinfahren. Fliegen ist für mich wie … wie Schuhe zubinden. Im Grunde ist es stinklangweilig. Was ganz Alltägliches halt.«

»Schön für dich«, brummte ich immer noch beleidigt.

»Geht so«, murmelte sie und schob mich in der Schlange voran. »Wir müssen bei der Familie da vorne bleiben, dann denken die Sicherheitsleute, wir gehören dazu.«

Vor uns in der Schlange waren ein Vater, eine Mutter und ihre zwei Kinder. Der Junge und das Mädchen waren jünger als wir, trugen kurze Hosen und hatten beide eine hässliche Kappe auf dem Kopf. Genau wie ihre Eltern. Sie sahen aus, als würden sie in den Urlaub auf Mallorca oder auf sonst irgendeine Insel fliegen. Und das war ja wahrscheinlich auch so, schließlich hatten die Sommerferien gerade begonnen, und der Flughafen war sowieso voll mit Menschen, die die nächsten Wochen woanders verbringen wollten. Irgendwo, wo es schöner und sonniger war als hier.

»Na los, verlier nicht den Anschluss«, drängelte sie hinter mir.

»Das glaubt uns doch kein Schwein, dass wir zu denen gehören«, flüsterte ich. »Guck dir die doch an.«

»Tu einfach so, als wärst du ein genervter Teenager, der mit seinen Eltern und seinen kleinen Geschwistern in den Urlaub fahren muss, dann klappt das schon.«

Das fiel mir leicht. Genervt gucken ist eine meiner leichtesten Übungen.

Als wir an der Sicherheitsschleuse waren, tat ich einfach das, was die Leute vor mir auch machten. Ich legte meinen Laptop und meine Reisetasche auf das Förderband und ging mit erhobenen Händen durch den Scanner.

»PIEP!«

Die Anlage schrillte anklagend, und einer von den Sicherheitsleuten winkte mich in eine der Umkleiden, die ich in der Schlange schon gesehen hatte. Ich drehte mich Hilfe suchend nach ihr um, weil ich Angst hatte, dass ich gleich als Terrorist verhaftet werden würde. Aber sie machte mir ein Zeichen, dass alles in Ordnung war.

Ich glaubte ihr nicht.

»Messer, Pistolen, Sprengstoff?«, fragte der Mann in der Uniform, ohne zu lächeln.

Ich sparte mir eine Antwort, sondern machte ein genervtes Gesicht und zuckte mit den Schultern, worauf er mich gelangweilt abtastete. Ich musste kichern, weil es kitzelte, und das war nicht gut. Man kann nicht gleichzeitig genervt gucken und lachen. Am Ende klopfte der Mann vorwurfsvoll gegen meine Gürtelschnalle und ließ mich gehen.

Hochrot lief ich zu ihr. Sie wartete am Ende des Sicherheitsbereichs mit meiner Sporttasche und strahlte mich an.

»Willkommen in meiner Welt! Wir haben noch etwas Zeit, bevor unser Flieger geht. Komm, ich zeig dir mein Wohnzimmer.«

»Dein was?«, fragte ich verständnislos.

»Na, den Flughafen. Was denn sonst?!«

6. KAPITEL

»Den Höhepunkt habe ich mir für den Schluss aufgehoben«, sagte sie, nachdem sie mir eine Stunde lang alle Geschäfte, Toiletten und auch die kleine Kapelle gezeigt hatte, in der man für einen guten Start und vor allem für eine sichere Landung beten kann. »Wenn dich jemand fragt, wo wir hinwollen, erzählen wir dieselbe Geschichte wie im Taxi. Kranker Opa in Hongkong.«

»Ich dachte, in Südamerika?«, fragte ich verwirrt, weil mir nach den vielen Eindrücken immer noch der Kopf schwirrte.

»Klar, und deswegen haben wir auch zwei Tickets nach Asien!«, erwiderte sie. »In unserer Geschichte lebt der natürlich ab jetzt immer genau in der Stadt, zu der wir gerade unterwegs sind. Ist doch logisch.«

Ich sagte nichts, sondern nickte nur, weil das ja nun wirklich nicht so schwer zu verstehen war.

Mit dem *Jemand*, der Fragen stellen könnte, war eine Frau in Stewardess-Uniform gemeint. Sie saß hinter einem Computer vor einer Tür, auf der »Premium-Lounge« stand. Als wir auf sie zugingen, holte Alexandra eine goldfarbene Karte mit dem

Logo einer Fluglinie aus ihrer Jackentasche und hielt sie der Stewardess hin. Die Frau warf einen kurzen Blick auf die Karte, dann sah sie uns an.

»Ihr beiden seid ganz allein unterwegs?«

»Unser Opa ist schwer krank und wir fliegen zu ihm nach Hongkong. Unsere Eltern warten da auf uns und holen uns am Flughafen ab«, log sie.

»Sehr schwer krank nämlich«, ergänzte ich, um auch etwas zu sagen und nicht nur dämlich nickend danebenzustehen.

»Oh, das tut mir leid!« Die Frau warf erneut einen Blick auf die Karte. »Eigentlich gilt die ja nur für eine Person, aber geht ruhig rein und macht es euch bequem. Ich sag euch Bescheid, wenn euer Flieger zum Einchecken bereit ist.«

»Die Goldkarte gehört meinem Vater«, flüsterte sie, als wir den Raum hinter der Tür betraten. »Damit kommt man hier fast überall rein und kann umsonst essen und trinken. Klappt aber leider nur hier in Deutschland.«

Ich hörte nicht richtig zu, weil ich von der Lounge völlig überwältigt war. Während die Plastiksitze draußen im Flughafen zwar praktisch, aber nicht besonders bequem aussahen, standen hier überall braune Ledersessel herum. In einigen von ihnen saßen Männer in Anzügen und lasen Zeitungen oder tippten auf ihren Smartphones herum. Es gab auch ein paar Frauen in schicken Kleidern, aber nur wenige. Zwischen den Sesseln liefen Kellner mit Tabletts über dicke rote Teppiche und servierten Getränke und kleine Snacks. Das Ganze sah aus wie ein Restaurant, aber keines von denen, in die ich mit meinen Eltern manchmal gehe, sondern wie so ein richtig schickes.

»Mach es dir bequem und bestelle dir was«, sagte sie. »Ich muss noch was besorgen, aber ich lasse den Koffer hier. Pass auf, dass der dir nicht geklaut wird.«

Dann war sie auch schon weg, und ich stand allein auf dem weichen Teppich und spürte, wie mich alle anstarrten. Ich ließ mich schnell in den Ledersessel fallen, der mir am nächsten stand, und atmete einmal tief durch. Der Sessel war so bequem, dass ich am liebsten nie wieder aufgestanden wäre. Ich schloss die Augen und roch den herben Duft des Leders. Es war ein unglaublich cooles Gefühl, in dieser Lounge zu sitzen, und es war das erste Mal, dass ich dachte: Vielleicht wird diese Reise doch nicht so übel.

»Möchten Sie etwas trinken? Oder lieber ein Sandwich? Wir haben welche mit Pastrami, Chutney oder Avocadocreme.« Einer der Kellner hatte sich zu mir heruntergebeugt.

»Nur eine Cola bitte«, flüsterte ich, weil ich nicht die geringste Ahnung hatte, was Pastrami oder Chutney waren. Avocado hatte ich mal probiert, als meine Mutter eine aus dem Supermarkt mitgebracht hatte. Aber geschmeckt hatte sie keinem von uns. Das Beste an der grünen Frucht war der große braune Kern gewesen, weil der sich so wahnsinnig glatt angefühlt hatte.

Ich hatte lange nicht an meine Eltern gedacht. Bevor ich in den Flieger stieg, musste ich ihnen unbedingt schreiben, damit sie sich keine Sorgen machten.

Ich holte mein Smartphone heraus und tippte eine kurze Nachricht an meine Mutter: »Hier ist alles gut, wie geht es

Opa?« Weil ich sowieso schon online war, schaute ich kurz auf meinem Blog vorbei. Nichts Neues. Aber da hatte ich plötzlich eine Idee. Ich machte ein Selfie von mir in dem noblen Sessel und schrieb darunter:

Der mieseste Torwart der Welt auf Weltreise.
Fünf Sterne de luxe.

Dann drückte ich auf Senden und wartete ab.

Es passierte aber nichts, und das lag wahrscheinlich daran, dass die meisten meiner Freunde auch schon irgendwo im Urlaub waren, wo sie kein Netz hatten. Hier in der Lounge gab es WLAN und das sogar kostenlos. Aber das wäre ja auch komisch gewesen, wenn man hier zwei Euro fünfzig fürs Internet hätte bezahlen müssen, obwohl man umsonst trinken und essen konnte.

Der Kellner stellte die Cola vor mir auf einem kleinen Tischchen ab und verschwand genauso lautlos, wie er gekommen war. Er war so schnell wieder weg, dass ich ihm gar nicht sagen konnte, dass ich doch noch gern so ein Sandwich probiert hätte. Wenn auch nur, um mit einem Foto davon auf meinem Blog anzugeben.

»Du fliegst doch nach Hongkong, nicht wahr?«

Ich schaute erschrocken hoch. Neben meinem Sessel stand ein Mann. Er war etwa so alt wie mein Vater, aber viel besser gekleidet. Er trug einen braunen Anzug, eine Krawatte und die gleiche Frisur wie Ronaldo. Bei ihm sah sie gut aus.

»Woher wissen Sie das?«, fragte ich. Es war unangenehm,

zu ihm aufsehen zu müssen. Extra aufzustehen wäre aber auch irgendwie blöd gewesen.

»Ich stand hinter euch, als ihr am Eingang über euren Opa gesprochen habt. Tut mir leid, das mit ihm. Ich hoffe, es wird wieder. Ich habe auch sehr an meinem Opa gehangen.«

»Danke«, murmelte ich verlegen.

»Könntest du mir einen Gefallen tun?« Der Mann war in die Knie gegangen, damit wir uns auf Augenhöhe unterhalten konnten. Ich fand das nett.

»Was denn?«

»Mein Neffe wird übermorgen fünf Jahre alt. Der lebt mit meiner Schwester in Hongkong und ich habe hier ein Geschenk für ihn.« Der Mann öffnete einen Aktenkoffer und holte eine kleine Schachtel heraus, die in buntes Geschenkpapier mit blauen Elefanten drauf eingepackt war. »Ich fliege heute nach New York, also genau in die andere Richtung. Könntest du es für mich mitnehmen? Meine Schwester holt es am Flughafen ab. Das macht doch keine Umstände, oder? Und der Kleine würde sich wahnsinnig freuen, wenn er pünktlich sein Geschenk bekommt.« Er hielt mir das Päckchen hin und ich nahm es.

Ich sagte ja schon, dass ich ihn nett fand. Und dass er sich solche Mühe gab, damit sein Neffe zu seinem fünften Geburtstag sein Geschenk bekam, machte ihn in meinen Augen sogar noch netter. Mir hatten meine Onkel und Tanten nie was zum Geburtstag geschenkt, obwohl die gar nicht weit weg von uns wohnen und es problemlos persönlich hätten vorbeibringen können.

»Kein Problem, mache ich gerne.« Ich packte die Schachtel in meine Sporttasche. »Was ist es denn?«

»Bloß eine Kleinigkeit.« Der Fremde zückte sein Smartphone und machte ein Foto von mir. »Damit meine Schwester dich am Flughafen erkennt. Du hast doch nichts dagegen, oder?«

Ich schüttelte den Kopf und er sah auf seine Uhr. »So spät schon?! Ich muss los, mein Flieger geht gleich. Danke dir und guten Flug.«

Der Mann erhob sich und verließ mit seinem Aktenkoffer eilig die Lounge, um sein Flugzeug zu erreichen. Im selben Moment kam eine SMS von meinen Eltern: »Unverändert. Mach dir keine Sorgen und genieß deine Ferien.«

Ich lehnte mich in dem Sessel zurück und sog wieder den schweren Lederduft ein. Dann griff ich nach der Cola und nahm einen Schluck. In dem Glas schwammen drei Eiswürfel und eine Scheibe Zitrone, genauso wie ich es am liebsten hatte. Ich schloss die Augen und ließ einen der Eiswürfel in meinem Mund zergehen, als mir plötzlich etwas auf die Beine flog.

»Für dich!«

Alexandra stand vor mir und zeigte auf das Buch, das auf meinem Schoß lag.

»Was ist das?«, fragte ich.

»Eine Schallplatte.« Sie grinste. »Sieht man doch.«

»Ich meine, was ist das für ein Buch?«

»*In achtzig Tagen um die Welt.* Ich habe doch versprochen, ich besorg dir ein Exemplar, damit du unterwegs was zu lesen hast. Warum hast du dir nichts zu essen bestellt?« Sie griff nach meinem Glas und nahm einen Schluck.

»Keinen Hunger«, schwindelte ich.

»Jetzt ist es auch zu spät. Unser Flieger wurde schon aufgerufen, das hat mir die Frau am Eingang gesagt.« Sie schnappte sich ihren Koffer und ich mir meine Sporttasche.

Ein bisschen tat es mir leid, dass wir die Lounge schon verlassen mussten. Irgendwie hatte ich mich hier wohlgefühlt, irgendwie geborgen.

»Bald bist du keine Jungfrau mehr«, sagte sie, als wir auf unser Gate zuliefen.

»Wie bitte? Was soll das denn heißen?«

»Ich meine, was das Fliegen angeht. Ist doch dein erster Flug und dann gleich bis nach Hongkong. Andere fangen mit Berlin oder Gran Canaria an. Du musst dir aber nicht in die Hose machen, Fliegen ist sicherer als Autofahren. Auf den Straßen sterben jährlich dreieinhalbtausend Leute. Davor sollte man Schiss haben.«

»Ich habe keinen Schiss!«

»Dann ist ja gut.«

Vielleicht hatte ich doch Schiss, ein bisschen. Und vielleicht hatte ich mich deswegen in der Lounge so wohlgefühlt, weil ich da nicht an den Flug denken musste.

Es wurde immer schlimmer. Je mehr ich versuchte, nicht daran zu denken, was wäre, wenn der Flieger abstürzte, desto mehr malte ich mir den Crash in allen Einzelheiten aus. Das brennende Triebwerk, das ich durch das kleine Kabinenfenster sehen konnte. Die panischen Schreie an Bord, als klar war, dass es keine Rettung mehr gab. Ich, wie ich unter Tränen versuchte, meine Eltern anzurufen, um mich von ihnen zu verabschieden, während das Flugzeug mit der Schnauze voran im Steilflug auf die Erde zuraste. Sie, wie sie neben mir in einem Buch las, weil sie vor ihrem Tod unbedingt wissen wollte, wie es ausging. Ich musste unwillkürlich grinsen, weil sie sogar in meiner Fantasie die Coolere von uns beiden war.

»Was ist so lustig?«, fragte sie.

»Nichts, ich habe mir nur gerade vorgestellt, wie wir abstürzen«, erklärte ich wahrheitsgemäß.

»Du hast eine seltsame Art von Humor, hat dir das schon mal jemand gesagt?«, erwiderte sie. »Und jetzt hol deinen Pass raus, ohne den lassen sie uns nicht an Bord.«

Ich reichte meinen Pass der Stewardess, die das Einchecken überwachte. Alexandra gab ihr unsere Tickets, die die Frau über einen Scanner hielt. Ein grünes Licht leuchtete auf, und wir betraten den langen Gang, der uns zum Flieger führte.

Meine Beine zitterten genau wie damals, als ich in der fünfundachtzigsten Minute eingewechselt wurde. Und genau wie damals gab ich mir große Mühe, damit es niemand bemerkte.

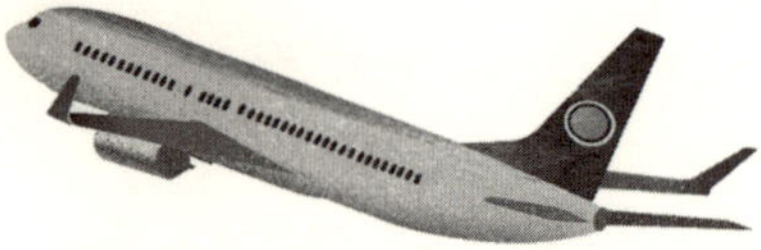

7. KAPITEL

Ich hielt mich dicht hinter ihr, als wir durch den Flieger zu unseren Plätzen gingen. Die Sitze vorne sahen ziemlich gemütlich aus. Ich hatte mir das in einem Flugzeug viel, viel enger vorgestellt. Die Sessel waren fast so groß wie richtige Betten, in denen man es sich bequem machen und bestimmt auch vernünftig schlafen konnte. Das hatte ich sowieso vor: möglichst lange zu schlafen, damit ich von dem Flug nicht allzu viel mitbekam. Wenn ich schlief, würde ich nicht daran denken, dass wir womöglich ganz sicher abstürzen würden. Höchstens davon träumen, aber das war ja dann nur ein Traum. Das war nicht so schlimm.

»Hier ist viel mehr Platz, als ich dachte«, sagte ich zu ihr, als wir an den bequemen Sesseln vorbeiliefen.

»Hier schon, aber nicht da, wo wir sitzen«, erwiderte sie, ohne sich zu mir umzudrehen.

»Sitzen wir denn nicht hier?«, fragte ich überrascht.

»Spinnst du?! Das ist die Business Class, die kostet das Zehnfache von dem, was ich an Bonusmeilen für unsere Tickets bezahlt habe. So viele Meilen haben meine Eltern nun auch

Abflug Frankfurt
1. Juli, 19 Uhr

wieder nicht mit ihrer Fliegerei gesammelt. Unsere Plätze sind hier.«

Wir hatten den Bereich mit den bequemen Sesseln, der durch einen Vorhang von dem hinteren Teil des Fliegers abgetrennt war, hinter uns gelassen. Die Sitze links und rechts von uns sahen jetzt schon eher so aus, wie ich sie mir vorgestellt hatte. Vor allem sahen sie ziemlich eng aus.

»Wie lange fliegen wir eigentlich?«, fragte ich, als ich meine Tasche verstaut und mich auf meinen Platz gezwängt hatte.

»Etwas mehr als elf Stunden.«

»Elf Stunden in dieser Konservendose?« Es war mir nicht klar gewesen, wie lange wir in der Luft bleiben würden. Ich hatte eher so mit zwei oder drei Stunden gerechnet. Das war natürlich naiv. Um in drei Stunden nach Hongkong zu fliegen, hätten wir mit Schallgeschwindigkeit reisen müssen, und dann hätten wir das mit der Weltumrundung bestimmt auch in einem Tag schaffen können. Locker.

Sie überließ mir großzügig den Platz am Fenster, und nachdem sie mir mit dem Sicherheitsgurt geholfen hatte, holte sie ein Kissen aus ihrem Koffer. Auf den Stoff war ein Bild von Udo Lindenberg gedruckt, und das fand ich schon etwas komisch, weil das ja ein uralter Mann ist. Der ist ja mindestens so alt wie mein Opa und bei dem Gedanken musste ich kurz schlucken.

»Das gehört meiner Mutter, die hat es mal nach einem Konzert gekauft«, erklärte sie achselzuckend. »Aber es ist schön weich und im Flieger echt praktisch. Außerdem passt Udo auf mich auf.«

»Weil deine Eltern nie da sind?«, fragte ich.

Sie antwortete nicht, und ich schaute hinaus auf die Startbahn, auf der immer noch eine Menge Leute um unseren Flieger herumwuselten. Auch auf den Gängen war noch viel los, weil die anderen Passagiere nach ihren Sitzen suchten und ihr Gepäck in den Fächern über uns verstauten. Der Platz rechts von ihr blieb frei, und ich war froh darüber, dass da keiner saß. Sonst hätten wir wieder die Geschichte von unserem Großvater erzählen müssen, und ich hatte ein schlechtes Gewissen, meinen kranken Opa ständig als Vorwand für unsere Reise zu missbrauchen.

Um mich abzulenken, tippte ich auf den Bildschirm, der in dem Sitz vor mir eingebaut war. Es gab eine Menge Filme zur Auswahl, und ich merkte mir ein paar davon vor, nur für den Fall, dass ich doch nicht würde schlafen können. Das meiste davon waren langweilige Liebesfilme oder Naturdokus. Richtig coole Actionstreifen waren keine dabei. Aber das wunderte mich nicht. Ich hatte mal gelesen, dass in Flugzeugen keine wirklich spannenden Filme gezeigt werden, damit die Leute sich nicht aufregen. So was wie »Snakes on a Plane«, wo sich Schlangen aus dem Transportraum befreien und durch die Gänge des Flugzeugs kriechen, würde es hier definitiv nicht zu sehen geben.

Vorne begannen die Stewardessen mit ihrem Sicherheitsprogramm. Da zeigen sie, wo die Notausgänge und die Rettungswesten sind und was man tun muss, wenn der Flieger abstürzt. Ich schaute lieber nicht hin, und als sie fertig waren, rollte das Flugzeug langsam zur Startbahn. Obwohl wir noch gar nicht in der Luft waren, fing ich an zu schwitzen. Vor allem an meinen Händen, die ich mir alle paar Sekunden an meiner Hose abwischen musste.

Ich blickte zu ihr rüber. Sie blätterte in einer Zeitschrift und sah mit ihrem Lindenberg-Kissen hinterm Kopf aus, als säße sie an einem Samstagabend zu Hause auf dem Sofa. Ich fühlte mich, als säße ich im Wartezimmer meines Zahnarztes und wartete darauf, dass mir gleich drei Zähne gezogen würden.

»Alles okay mit dir?« Sie wandte sich mir zu und schaute mich besorgt an. »Du siehst ein bisschen gestresst aus.«

»Kein Grund zur Sorge, alles klar, alles easy, könnte gar nicht besser sein«, antwortete ich eine Spur zu locker.

»Mach dir keine Sorgen, erzähl mir lieber von deinem Lieblingstorwart.«

»Wem?«

»Na, El Loco«, erwiderte sie. »René Higuita.«

Und das habe ich dann auch getan. Ich erzählte ihr alle Szenen, die ich auf YouTube von Higuita gesehen hatte. Ich bin sicher, die meisten davon kannte sie schon. Sie ist ja schließlich auch Torhüterin. Trotzdem hat sie zugehört, als hörte sie die Geschichten zum ersten Mal. Sie hat immer wieder nachgefragt und mich gezwungen, alles bis ins letzte Detail zu erzählen. Welche Farbe sein Trikot hatte, gegen wen er gespielt hat, ob er den Ball mit dem rechten oder dem linken Fuß gekickt hat.

»Schau mal raus«, forderte sie mich auf, als ich gerade dabei war, ihr von Higuitas berühmtem Skorpionenkick zu erzählen.

»Aber ich bin doch noch gar nicht fertig«, antwortete ich ärgerlich, weil es wirklich die größte Tat von El Loco war.

»Schau trotzdem mal raus«, beharrte sie.

Ich drehte mich zu dem kleinen Fenster und sah auf die Wolken herunter.

»Bei meinem ersten Flug hat meine Mutter es mit mir genauso gemacht«, erklärte sie und grinste. »Sie hat mich abgelenkt, sodass ich vom Start überhaupt nichts mitbekommen habe. Genau wie du!«

Ich wusste nicht, ob ich sauer oder dankbar sein sollte. Deswegen schaute ich lieber wieder zum Fenster raus, dann brauchte ich nicht auf ihr zufriedenes Grinsen zu reagieren. Außerdem konnte ich so besser beobachten, ob nicht doch eines der Triebwerke Feuer fing. Zumindest auf meiner Seite des Fliegers. Die Wolken sahen von oben ganz weich aus, fast so als könnte man da reinspringen wie in ein frisch gemachtes Bett. Ich schielte kurz zur Seite, aber sie hatte Kopfhörer aufgesetzt und schaute sich einen der Filme an. Es war eine Komödie, aber keine besonders gute.

Ich hatte keine Lust auf einen Film und nahm mir lieber das Buch, das sie mir mitgebracht hat. Bisher kannte ich ja nur die Zusammenfassung, und es dauerte eine Weile, bis ich in die Geschichte reinfand. Die Sprache ist ziemlich altmodisch, aber daran hatte man sich nach ein paar Seiten gewöhnt. Die Story beginnt auch mit einer Wette, genau wie bei uns. Aber weil es damals noch keine Flieger gab, dauert die Reise natürlich länger. Damals hatte der Held achtzig Tage Zeit, das sagt ja auch schon der Titel des Buches. Der Held der Geschichte heißt Phileas Fogg und der hat auch einen Begleiter namens Passepartout. Der ist Franzose und damit war es mit den Ähnlichkeiten zwischen meiner und der Story von Jules Verne auch schon vorbei.

Ich überschlug ein paar Kapitel, weil am Anfang nicht wirklich viel passierte. Als ich endlich die Stelle gefunden hatte, wo dieser Fogg und sein Diener in den Zug steigen, stand plötzlich eine Stewardess neben mir und fragte mich, ob ich etwas zu trinken haben wollte.

»Nein danke, ich bin nicht durstig«, antwortete ich, weil ich nicht schon auf den ersten Kilometern meine letzten Euros ausgeben wollte. So viel war nach der Taxifahrt ja nicht mehr übrig.

»Ich hätte gerne einen Tomatensaft und eine Cola light.« Alexandra hatte ihren Kopfhörer abgenommen.

»Spinnst du?! Das kostet doch bestimmt ein Vermögen hier oben!«, zischte ich ihr zu.

»Keine Sorge, ist umsonst«, zischte sie zurück. »Genau wie das Essen. Ich hatte doch schon gesagt, dass wir uns über die Verpflegung keine Sorgen machen müssen.«

Ich erinnerte mich vage, dass sie so was erwähnt hatte.

»Dann hätte ich auch gerne eine Cola und einen Orangensaft dazu«, rief ich der Stewardess schnell zu, bevor sie mit ihrem Getränkekarren verschwand.

»Und das ist wirklich alles umsonst?« Ich nippte vorsichtig an meiner Cola, weil mir das komisch vorkam. Im Zug oder im Bus muss man dafür ja auch bezahlen.

»Keine Sorge, das ist alles im Preis mit drin. Zumindest auf den Langstreckenflügen. Willst du mal probieren?« Sie hielt mir ihren Tomatensaft hin, auf den sie aus einer winzigen Papiertüte gemahlenen Pfeffer gestreut hatte. »Das trinken im Flugzeug alle.«

»Ich bestimmt nicht«, erwiderte ich, weil ich Tomatensauce nur auf Pizza mag.

»Du verpasst was«, erklärte sie und nahm einen Schluck. »Das schmeckt hier oben viel besser als unten auf der Erde. Hat irgendwas mit dem Luftdruck zu tun, hat mir meine Mutter mal erklärt.«

»Was sagen deine Eltern eigentlich dazu, dass du einmal um die Welt jettest?«, fragte ich, weil ich mich das schon die ganze Zeit gefragt hatte.

»Die kriegen das gar nicht mit, die sind doch gerade selber irgendwo da draußen unterwegs.« Dabei zeigte sie durch das kleine Fenster auf die Wolken hinaus.

»Wäre ja lustig, wenn dein Vater vorne im Cockpit säße und du hier hinten«, sagte ich und musste lachen.

»Keine Sorge, ich habe bei der Reiseplanung darauf geachtet, dass es zu keinen unvorhergesehenen Begegnungen kommt. Meine Mutter ist gerade in der umgekehrten Richtung unterwegs und mein Vater fliegt nach Australien.« Sie holte ein Magazin aus der Tasche, die auf der Rückseite des Sitzes vor ihr angebracht war. Auf den letzten Seiten war eine Weltkarte, die man ausklappen konnte. »Also, wir fliegen zuerst nach Hongkong, dann über den Pazifik weiter nach Los Angeles, von dort nach New York und – hast du nicht gesehen – weiter nach Paris und von da wieder nach Hause. Das ist übrigens fast dieselbe Route wie in dem Roman, nur dass die in London starten und wieder ankommen.« Mit dem Finger tippte sie auf das Buch, das auf dem Klapptisch vor mir lag. »Und mit dem kleinen Unterschied, dass wir nicht mehr im neunzehnten Jahrhundert leben. Heute geht es eben alles schneller.«

»Wie viel schneller?«

»So schnell, dass wir uns Hongkong angucken können. Unser Flieger nach L.A. geht erst acht Stunden später, und in Amerika kommen wir aus den Flughäfen sowieso nicht raus, weil wir keine Visa haben. In Hongkong braucht man keines.«

»Das heißt, wir reisen einmal um die ganze Welt und sehen überhaupt nichts davon?« Nicht, dass ich wirklich etwas hätte sehen wollen. Ich wollte möglichst viel schlafen und es einfach nur hinter mich bringen. Einerseits. Andererseits, wann macht man das schon mal: einmal um die ganze Welt fliegen. Ich musste an den Globus zu Hause denken und dass es eigentlich keinen Unterschied machte, ob ich hier im Flieger saß oder mit meinem Finger über die Oberfläche der Erdkugel strich, wenn ich sowieso nichts zu sehen bekam, außer den Rückenlehnen von den Leuten in der Reihe vor mir.

»Klar sehen wir die Welt«, erwiderte sie und nahm noch einen Schluck von ihrem Tomatensaft. »Nur eben von oben.«

Auf einem Display konnte man verfolgen, wo wir gerade waren. Irgendwo über Polen, wenn ich die Landkarte richtig deutete. Ich schaute aus dem Fenster und blickte auf die geschlossene Wolkendecke unter mir. Das war also Polen, dachte ich und war irgendwie enttäuscht. Es hätte auch Afrika oder Australien sein können. Von hier oben war das jedenfalls nicht zu unterscheiden.

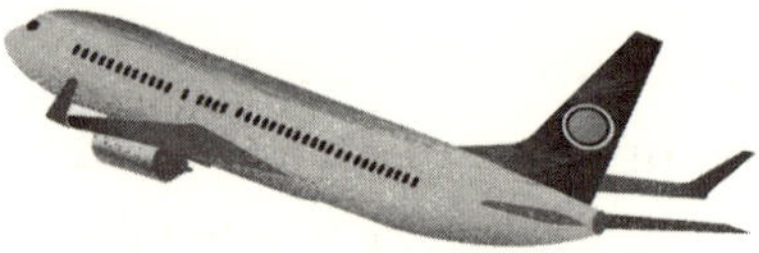

8. KAPITEL

Irgendwo über Russland muss ich dann eingeschlafen sein. Trotz der Cola, die ich getrunken hatte. Sie hatte nämlich recht gehabt: Fliegen ist tatsächlich stinklangweilig. Da passiert überhaupt nichts. Man steigt ein, hebt ab, trinkt und isst zwischendurch eine Kleinigkeit und landet dann wieder. Das ist wie Aufzug fahren, nur dass es im Lift zwischen dem ersten und zwölften Stock keine Verpflegung gibt und man im Flugzeug nicht stehen muss. Ich bin erst wieder aufgewacht, als sie mich in die Seite stieß, weil die Stewardess mit dem Essen kam. Man konnte zwischen was Vegetarischem und Reis mit Huhn wählen. Ich nahm das Huhn und das war gar nicht so schlecht. Zumindest war es viel besser als das Essen in unserer Schulkantine. Am besten aber war der Schokoladenpudding, den es zum Nachtisch gab. Ich hatte gerade die halbe Portion gegessen, als das Flugzeug plötzlich so komisch so ruckeln begann und an der Decke die Lichter mit dem »Sofort-und-unbedingt-anschnallen«-Symbol aufleuchteten.

Ich konnte mir das sparen, weil ich den Gurt sicherheitshalber gar nicht erst gelöst hatte. Zuerst dachte ich mir bei dem

Schaukeln nichts, sondern hielt nur den Becher mit dem Tomatensaft auf dem Klapptischchen vor mir fest. Den Saft hatte ich mir zum Essen bestellt, weil das im Flieger ja scheinbar alle machen. Echt wahr, jeder Zweite wollte nichts anderes als Tomatensaft haben. Ich fand ihn aber genauso übel, wie ich erwartet hatte, und ich glaube bis heute nicht, dass der den anderen Passagieren geschmeckt hat. Die haben den bestimmt auch nur getrunken, weil alle den bestellen.

Aber auch wenn mir der Saft nicht geschmeckt hatte, wollte ich die rote Soße nicht unbedingt auf meiner Hose haben. Deswegen umklammerte ich weiter den Becher.

Ich nahm an, das mit dem Ruckeln wäre normal und müsste so sein. Erst als ich die blassen Gesichter der anderen Passagiere bemerkte, wurde mir klar, dass das vielleicht doch nicht so normal war. Schlagartig wurde ich so leichenblass wie alle um mich herum. Alle außer Alexandra. Sie aß einfach weiter und kümmerte sich überhaupt nicht um das Gerüttel und Geschüttel der Maschine.

»Stürzen wir ab? Du kannst mir ruhig die Wahrheit sagen! Ich kann damit umgehen!« Ich bemühte mich, meine Stimme ganz ruhig und gefasst klingen zu lassen, ohne die geringste Spur von Angst oder gar Panik. Das gelang mir aber anscheinend nicht besonders gut.

»Hast du Angst?«, fragte sie zurück. »Brauchst du nicht, das sind nur Turbulenzen. Die entstehen, wenn Luftmassen mit unterschiedlichen Geschwindigkeiten aufeinandertreffen. Das ist völlig harmlos und in der Regel passiert dabei auch nichts mit dem Flieger.«

»Und wenn doch?«, fragte ich besorgt.

Sie zuckte nur mit den Achseln und nahm einen Löffel von ihrem Pudding. Als sie fertig war, deutete sie auf meine restliche Portion. »Du siehst nicht so aus, als wenn du das noch essen würdest. Kann ich die haben?«

Ich nickte ihr nur zu, weil ich tatsächlich keinen Hunger mehr hatte. Von dem Geruckel war mir inzwischen furchtbar übel, und außerdem hatte ich Angst, dass das Huhn und der Reis für mich antworteten, wenn ich jetzt den Mund aufmachte.

»Kotztüten findest du übrigens in der Sitztasche vor dir«, sagte sie und griff zu mir rüber, um sich meinen Schokopudding zu schnappen. Im selben Moment wurde der Flieger erneut kräftig durchgerüttelt und sie verlor das Schälchen aus der Hand. Der Pudding segelte im hohen Bogen durch die Kabine und landete drei Reihen vor uns auf den lila gefärbten Haaren einer älteren Dame. Die Frau drehte sich erschrocken um, um herauszufinden, wo der Pudding hergekommen war. Wir machten uns ganz klein auf unseren Sitzen, damit sie uns nicht sehen konnte, und fingen an, albern zu kichern. Also nicht laut, sondern ganz leise, weil wir uns die Hände vor den Mund pressten. Vor lauter Kichern vergaß ich sogar, dass mir eigentlich furchtbar schlecht war.

Als wir aus unserem Versteck wieder auftauchten, kümmerte sich eine Stewardess um die alte Frau, die sich so lange beschwerte, bis sie in den Bereich hinter dem Vorhang geführt wurde. Das ging, weil das Geschaukel endlich aufgehört hatte und der Flieger jetzt wieder ganz ruhig durch die Luft glitt. Auch die »Bitte anschnallen«-Lichter über uns erloschen.

»Verdammt, jetzt kriegt die wegen uns sogar noch ein Upgrade«, schimpfte Alexandra neben mir.

»Ein was?«, fragte ich verständnislos.

»Na, ein Upgrade! Damit sie die Fluggesellschaft nicht verklagt, darf die Oma den Rest des Fluges jetzt vorne in der Business Class verbringen. Da, wo die bequemen Betten sind und auch das Essen besser ist.«

»Ich könnte dir meinen Tomatensaft über den Kopf schütten«, bot ich großzügig an.

»Kannst du nicht.« Sie zeigte auf den umgekippten Becher vor mir. Der Tomatensaft hatte den Tisch vor mir überschwemmt und tropfte von der Kante auf meine Hose.

»Verdammt!« Ich löste den Gurt und drängelte mich schnell an ihr vorbei. Durch den schmalen Gang lief ich zum Klo, das zum Glück gerade frei war, und versuchte, den Fleck mit Wasser, Seife und Papierhandtüchern aus dem Stoff zu reiben. Aber das war gar nicht so einfach, weil es auf so einem Flugzeugklo furchtbar eng ist, und als ich zurück zu meinem Sitz ging, war der Fleck eher noch größer geworden.

»Du hast da Tomatensaft auf deiner Hose«, begrüßte sie mich grinsend.

»Ist mir noch gar nicht aufgefallen«, erwiderte ich und grinste säuerlich zurück. »Danke für den Hinweis.«

Den Rest des Fluges redeten wir nicht mehr viel. Sie schlief oder guckte einen Film und ich schaute mir auf dem Monitor alte Fußballspiele an oder dachte an meine Eltern. Die musste ich unbedingt anrufen, wenn ich in Hongkong war, damit sie sich keine Sorgen machten und ich erfuhr, wie es Opa ging.

Und ich dachte an den kleinen Jungen, dessen Geburtstagsgeschenk ich in der Tasche hatte. Das wäre ja blöd gewesen, wenn wir wirklich abgestürzt wären und er sein Päckchen nicht bekommen hätte, wo sich sein Onkel doch so große Mühe gegeben hatte, damit sein kleiner Neffe es pünktlich erhält.

»Warum lächelst du so?« Ihr Film war zu Ende und sie hatte sich zu mir umgedreht. Das hatte ich gar nicht gemerkt und zuckte ertappt zusammen.

»Ich habe nur grade an was Schönes gedacht«, antwortete ich.

»Deine Freundin?«

»Ich habe keine Freundin!«

»Woran denn dann?«

»An einen kleinen Jungen in Hongkong.«

»Du kennst jemanden in Hongkong?«

»Nicht persönlich, aber ich habe ein Geschenk für ihn in der Tasche.«

Ihr Gesicht war ein einziges Fragezeichen, und ich genoss den Moment, in dem ich einmal mehr wusste als sie.

»Jetzt sag schon, was ist das für ein Geschenk, von dem du da redest? Mach es nicht so spannend.«

»Also, das war so …« Ich machte eine Pause, um die Spannung noch ein bisschen zu steigern. »Als du los bist, um das Buch für mich zu besorgen und ich in der Lounge auf dich gewartet habe, kam ein Mann zu mir. Der hat mich höflich gefragt, ob ich ein Geschenk für seinen Neffen mitnehmen würde. Der hat nämlich morgen Geburtstag, der wird fünf und mit der Post wäre das Päckchen niemals pünktlich angekommen.

Da habe ich ihm angeboten, es mitzunehmen und am Flughafen der Mutter des Kleinen zu übergeben. Und jetzt kannst du ruhig mal zugeben, dass ich ein richtig netter Kerl bin!«

Ich schaute sie erwartungsvoll an und sie starrte mit großen Augen zurück. Ich hatte ja gehofft, dass sie von meiner Liebenswürdigkeit beeindruckt wäre, aber dass sie den Mund gar nicht mehr zukriegte, damit hatte ich nicht gerechnet.

»Du hast was?!«, brüllte sie plötzlich los. Darüber schien sie selber zu erschrecken, denn danach begann sie sofort zu flüstern. »Guckst du keine Krimis? In dem Päckchen sind garantiert Drogen drin.«

»Wer schenkt denn einem Fünfjährigen Drogen zum Geburtstag?! Das tut doch keiner«, erwiderte ich beleidigt, und dass das nicht besonders clever war, merkte ich während des Redens schon selber.

Sie sagte gar nichts, sondern schaute mich nur so mitleidig an. Das war noch viel schlimmer, als wenn sie mich beschimpft oder mir irgendwelche Vorwürfe gemacht hätte. Ich war so ein Idiot gewesen, mir das Päckchen andrehen zu lassen. Wahrscheinlich hatte der Typ in der Lounge nach dem dämlichsten Trottel Ausschau gehalten und da war seine Wahl auf mich gefallen. Ich konnte es ihm nicht mal übelnehmen.

Meine Doofheit war durch nichts zu entschuldigen und nur damit zu erklären, dass ich vor meinem allerersten Flug so schrecklich aufgeregt gewesen war. Und vielleicht auch damit, dass ich generell eher an das Gute in den Menschen glaube, auch wenn es dafür eigentlich keinen Grund gibt. Vielleicht ist das ein bisschen naiv, aber ich hatte ja auch geglaubt, ich könnte die letzten fünf Minuten im alles entscheidenden Spiel ohne Gegentreffer überstehen.

»Und jetzt?«, fragte ich kleinlaut.

»Wo hast du das Päckchen?«, fragte sie zurück.

Ich griff in meine Tasche und holte es heraus. Es war etwa so groß wie eine Smartphone-Verpackung.

»Und wenn es doch nur ein Geschenk ist?«

Sie warf mir erneut diesen mitleidigen Blick zu, der nur schwer zu ertragen war.

»Okay, okay, dann schmeißen wir es weg«, erklärte ich.

»Klar, mach das Fenster auf und wirf es raus«, entgegnete sie.

»Gute Idee!« Ich wollte mich schon zum Fenster umdrehen, als mir einfiel, dass das in der Höhe ja gar nicht funktionierte. Die Flugzeugfenster kann man nicht öffnen, wegen des unterschiedlichen Luftdrucks draußen und drinnen. Ich habe das mal in einem Film gesehen. Da wurde ein Fensterglas zerschossen und der Böse durch das winzige Loch regelrecht ins Freie gesaugt. Das ist auch einer von diesen Streifen, die man im Flieger bestimmt nicht zu sehen kriegt.

»Hast du noch eine andere Idee?«, fragte ich.

Statt mir zu antworten, streckte sie einfach nur die Hand aus. Ich gab ihr das Päckchen und sie ließ es in der Bauchtasche ihres Kapuzenshirts verschwinden. Dann stand sie auf und lief den Gang in Richtung der Toiletten runter.

Von ihrem leeren Platz grinste mich Udo Lindenberg an und das machte es auch nicht besser. Ich fühlte mich einfach elend, weil ich mir dieses Päckchen hatte andrehen lassen. Aber vielleicht war es doch nur ein Geschenk, versuchte ich mich zu beruhigen. Ja klar, und vielleicht war das auch gar kein Flugzeug nach Hongkong, in dem wir hier saßen, sondern ein Raumschiff auf dem Weg zum Jupiter.

Ich war wieder mal einfach zu dämlich gewesen, und wenn man das Fenster neben mir doch hätte öffnen können, wäre ich glatt rausgesprungen. Ganz ohne Fallschirm. Obwohl, bei meinem Glück wäre ich bestimmt im engen Rahmen stecken geblieben.

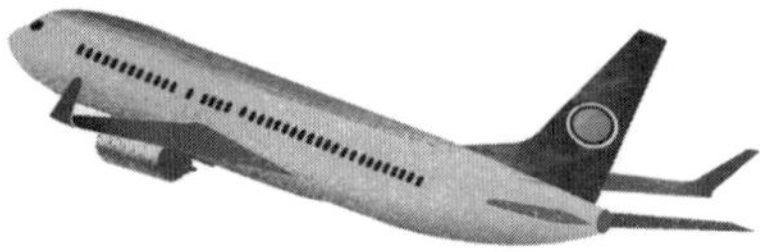

9. KAPITEL

»Was hast du mit dem Päckchen gemacht?«, fragte ich leise, als sie zu ihrem Platz zurückkam.

»Für wahnsinnig viel Geld an den Piloten verkauft«, antwortete sie und ließ sich neben mir auf ihren Sitz fallen. Mitten auf das Gesicht von Udo Lindenberg.

»Echt?«

»Natürlich nicht«, entgegnete sie, und für einen Augenblick glaubte ich, in ihrem Blick den Hauch eines Zweifels zu erkennen, ob es wirklich so eine gute Idee gewesen war, ausgerechnet mich als Begleiter für ihren Trip rund um die Welt auszuwählen. Um ehrlich zu sein, konnte ich in ihren Augen nicht nur einen Hauch, sondern einen ganzen Haufen Zweifel entdecken.

»Hätte ich dir auch gar nicht geglaubt«, schob ich schnell hinterher, damit sie mich nicht für völlig naiv hielt. Das tat sie natürlich trotzdem.

»Ich habe das Päckchen auf dem Klo in eine volle Windel gewickelt und in den Müll geworfen. Freiwillig packt das keiner an und bei dem Gestank finden es auch die Drogenhunde am Flughafen nicht«, erklärte sie.

»Wo hast du denn die Windel her?«

»Die lag im Mülleimer und ich habe jetzt echt was gut bei dir.« Sie zog das Kissen unter ihrem Po hervor und stopfte sich Udo Lindenberg hinter ihren Nacken.

»Wir hätten es auch der Polizei geben können«, entgegnete ich.

»Klar, dann hättest du denen auf Chinesisch erklärt, dass die Drogen in dem kleinen Päckchen nicht dir gehören.«

»Ich kann kein Chinesisch.«

»Kein Problem, das hättest du in den zwanzig Jahren lernen können, die sie dich dafür in den Knast gesteckt hätten. Mit den Asiaten ist da nicht zu spaßen«, sagte sie und setzte ihre Kopfhörer auf, um sich noch einen Film anzugucken.

Das war ein klares Zeichen, dass sie im Augenblick nicht mehr mit mir reden wollte, und das konnte ich verstehen. Ich war ja selber stinksauer auf mich, weil ich mir dieses verdammte Paket hatte andrehen lassen.

Aber jetzt war das Päckchen weg und alles war wieder gut.

Stopp!

Gar nichts war gut, fiel es mir in dem Augenblick siedend heiß ein. So heiß, dass es mir glatt die linke Gehirnhälfte verbrannte. In Hongkong wartete nämlich jemand auf mich. Oder besser gesagt auf ein Päckchen in buntem Geschenkpapier mit blauen Elefanten drauf. Und dieser Jemand hatte ein Foto von mir, das ihm der Mann aus der Lounge bestimmt längst geschickt hatte. Das hatte ich Alexandra noch gar nicht erzählt und das war wahrscheinlich auch besser so, sonst würde sie mich endgültig für den allerletzten Volltrottel halten. Ich spürte, wie mir der Schweiß ausbrach, weil ich mir vorstellte, was der enttäuschte Empfänger mit mir anstellen würde, wenn ich ohne Päckchen in Hongkong auftauchte.

Das Gute daran war, dass diese Sorgen meine Angst vor der Landung überlagerten. Ich glaube, man kann sich immer nur vor einer Sache gleichzeitig fürchten. Das ist wie im Tor nach einem weiten Hechtsprung, wenn der Ball rechts oben in die Ecke geht. Danach tut mir auch nur das Knie oder der Ellenbogen weh, aber niemals beides gleichzeitig.

Die bevorstehende Landung hatte der Pilot gerade über die Lautsprecher angekündigt, und ich war ganz überrascht, wie schnell die elf Stunden vergangen waren. Wie im Flug waren die vergangen.

Haha!

Leider war mir dort oben, irgendwo zwischen Weltraum und Erde, überhaupt nicht zum Lachen zumute.

Das spürte sie wohl irgendwie, denn sie nahm ihren Kopfhörer ab und lächelte mich an. »Keine Sorge, runter kommen sie alle.«

Das sollte wohl gleichzeitig beruhigend und lustig klingen und war sicher nett gemeint, half mir aber nicht wirklich. Ich konnte richtig spüren, wie der Flieger an Höhe verlor. Für meinen Geschmack ging das ein bisschen zu schnell und da war meine Flugangst plötzlich doch wieder größer als meine Furcht vor der Drogenmafia. Ich krallte meine Finger um die Lehnen meines Sitzes und dachte, dass so ein Absturz vielleicht sogar die beste Lösung wäre. Dann hätte sich das mit dem Päckchen auch geklärt, dann müsste die Mafia den Verlust ihrer Drogen unter »dumm gelaufen« abhaken und hätte keinen Grund mehr, sich an mir oder meiner ahnungslosen Familie daheim in Deutschland zu rächen.

Und dann passierte etwas Seltsames. Ohne ein Wort zu sagen, legte sie ihre rechte Hand auf meine linke. Zuerst brannte die Berührung wie Feuer, aber dann breitete sich in meinem Körper ein merkwürdiges Gefühl aus. Ich wurde mit einem Mal ganz ruhig und gleichzeitig ganz kribbelig. An die Mafia dachte ich nicht mehr und den Absturz fand ich auch gar nicht mehr so schlimm. So zusammen mit ihr, Hand auf Hand.

Im nächsten Augenblick spürte ich auch schon, wie die Reifen auf der Landebahn aufsetzten und sie ihre Finger wieder zurückzog.

Und sofort war die Angst vor der Mafia wieder da.

Es dauerte ewig, bis alle ihr Gepäck aus der Ablage geholt hatten und wir endlich den Flieger verlassen konnten. Ich war froh, mich ein bisschen bewegen zu können, und ihr ging es wahrscheinlich ähnlich.

»Dieses Stillsitzen kann einen echt fertigmachen«, sagte ich und deutete eine Kniebeuge an. »Das ist man ja gar nicht gewohnt, so als Sportler.«

»Wieso? Du sitzt doch sowieso die meiste Zeit auf der Ersatzbank«, erwiderte sie und lächelte.

Eigentlich hätte ich sauer sein müssen, aber solange sie lächelte, konnte ich ihr nicht böse sein, und außerdem spürte ich die ganze Zeit noch das Brennen auf meiner Haut, da, wo ihre Hand auf meiner gelegen hatte.

TAG ZWEI
Ankunft Hongkong
2. Juli, 11 Uhr Ortszeit

Wir liefen durch einen Gang, der genauso aussah wie der Gang, durch den wir das Flugzeug betreten hatten. Überhaupt konnte ich auf den ersten Blick kaum Unterschiede zwischen den beiden Flughäfen erkennen, und für einen Moment hatte ich den Verdacht, dass wir einfach im Kreis geflogen waren. Auch hier gab es überall viel Glas und Stahl und alles sah ein bisschen zu sauber und zu geleckt aus. Nur die Schilder waren anders, hier war alles auf Englisch und Chinesisch beschriftet.

»Wusstest du, dass Phileas Fogg auf seiner Reise auch hier in Hongkong war?«, fragte sie mich von der Seite.

Wusste ich nicht, so weit war ich in dem Buch noch gar nicht gekommen. Es interessierte mich auch nicht besonders, weil ich die ganze Zeit Ausschau nach irgendwelchen Mafiaboten hielt, die auf ihr Päckchen warteten. Ich hatte einen richtigen Verfolgungswahn, weil ich plötzlich überall nur noch gefährliche Gangster entdeckte. Sogar bei einem alten, weißhaarigen Geiger, der sein Instrument in einem Kasten unterm Arm trug, war ich fest davon überzeugt, dass in dem Geigenkasten eine Maschinenpistole versteckt war, mit der er mich gnadenlos niedermähen würde, wenn er rauskriegte, dass sein Päckchen in einer vollen Windel gelandet und genau in diesem Augenblick auf dem Weg zur Hongkonger Müllkippe war.

»Hörst du mir überhaupt zu?«, wollte sie wissen.

»Klar«, log ich.

»Tust du nicht, das spür ich doch. Mach dich mal locker. Das blöde Päckchen ist weg, und die wissen gar nicht, wer du bist. Die haben ja kein Foto von dir. Das müssen echt ziemliche Anfänger gewesen sein.« Sie lachte.

Ich lachte nicht.

»Da vorne sind Duschen, da können wir uns umziehen und frisch machen«, erklärte sie. »Und danach gucken wir uns ein bisschen Hongkong an, wir haben acht Stunden Zeit, bis unser nächster Flieger geht.«

Ich war mit dem Duschen schneller fertig als sie. Das lag daran, dass ich gar nicht wirklich duschte, sondern mich im Waschraum nur mit Deo einnebelte und mir ein frisches T-Shirt anzog. Auch damit mich die Mafiaboten nicht so leicht erkennen konnten. Danach setzte ich mich in der Halle auf eine der Bänke und wartete, dass sie endlich fertig wurde. Im Flughafen gab es überall kostenloses WLAN und neben dem Sitz zwei Steckdosen, mit denen ich meinen Laptop und mein Handy aufladen konnte.

»Hallo, Mama, alles gut bei euch?« Das war das Erste, was ich tat. Meine Eltern anrufen.

»Wieso bist du nicht zu Hause? Ich habe mir schon Sorgen gemacht. Du bist doch sonst immer zu Hause«, erwiderte meine Mutter.

»Ich war unterwegs«, antwortete ich und das war ja nicht völlig gelogen.

»Isst du auch vernünftig?«, wollte meine Mutter wissen. »Ich hoffe, du isst vernünftig.«

»Heute Reis mit Huhn«, erwiderte ich. »Wie geht es Opa?«

»Unverändert«, sagte meine Mutter. »Ich muss Schluss machen, da kommt gerade der Arzt. Papa lässt schön grüßen und iss vernünftig, hörst du?!«

»Klar«, antworte ich, aber da hatte sie schon aufgelegt.

Ich hatte gehofft, dass es meinem Opa besser gehen würde. Dann hätte ich eine Sorge weniger gehabt. Aber immerhin ging es ihm auch nicht schlechter und das war ja auch schon was.

Um mich abzulenken, schaute ich auf meinem Blog vorbei. Meinen Eintrag aus der Lounge hatten über hundert Leute gelikt und das waren doppelt so viele wie sonst. Um die Sache am Laufen zu halten, machte ich gleich ein Foto vom Flughafen und stellte es online. Eines, auf dem auch die chinesischen Schriftzeichen zu sehen waren, sonst hätte mir das ja kein Schwein geglaubt.

Dazu postete ich:

Erste Station Hongkong. Läuft.

Das war nicht besonders originell, aber was Besseres fiel mir nicht ein. Auch weil ich mit einem Auge immer noch nach der Mafia Ausschau hielt und mit dem anderen die Tür beobachtete, hinter der Alexandra vor einer Viertelstunde verschwunden war. Doch weder die Mafia noch sie ließen sich blicken, und so schaute ich wieder auf das Display meines Handys, wo die ersten Kommentare auftauchten. »Fliegt statt läuft würde besser passen«, war noch einer der cleversten. Aber irgendwie schien ich mit meiner Weltreise etwas angestoßen zu haben, irgendwas, was viele Leute interessierte, denn in den nächsten Minuten füllte sich meine Kommentarspalte wie sonst nur das Tor, wenn ich beim Training auf dem Platz stand und ein Ball nach dem anderen hinter mir im Netz landete.

Klar gab es auch ein paar Neider und Zweifler, die die Fotos für einen Fake hielten. Die meisten aber fanden gut, was ich schrieb. Wahrscheinlich, weil sie so eine Reise selber gerne mal machen würden. Und das war ja das eigentlich Absurde an der ganzen Situation: Im Gegensatz zu vielen meiner neuen Follower hatte ich mir das nie gewünscht. Nicht mal, wenn ich zu Hause mit meinem Finger über den Globus gewandert war.

Statistisch gesehen, hat der Torwart beim Elfer die größte Chance, den Ball zu halten, wenn er einfach stehen bleibt. Das ist wissenschaftlich erwiesen. Macht nur keiner, weil es natürlich richtig blöde aussieht, wenn man nicht in die eine oder andere Ecke hechtet. Deswegen springen alle, und deswegen war auch ich hier in Hongkong gelandet, statt einfach daheim auf meinem Sofa liegen zu bleiben.

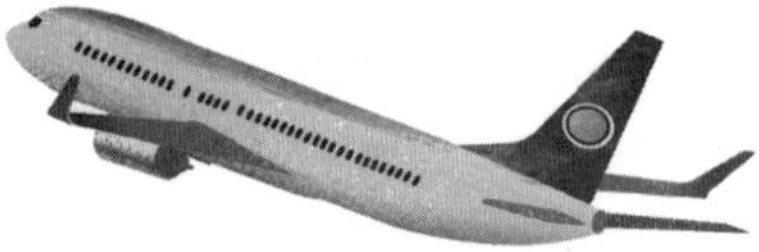

10. KAPITEL

Als sie mit ihrem Koffer aus dem Waschraum kam, konnte ich gar nicht anders, als sie anzustarren. Bis dahin kannte ich sie nur in ihren verschwitzten Torwartsachen oder den schlabbrigen Klamotten, die sie in der Schule immer trägt.

Jetzt aber hatte sie sich ein Kleid angezogen. So ein ganz luftig leichtes, das bei jedem Schritt, den sie auf mich zumachte, um ihren Körper tanzte. Es sah aus, als bestünde der Stoff aus lauter bunten Schmetterlingen, die sie verliebt umflatterten. Okay, das klingt jetzt vielleicht ein bisschen kitschig. Aber genau so war es, ich schwöre. Und weil sie umwerfend aussah, vergaß ich sogar die ganze Mafia-Sache und machte stattdessen schnell ein Foto von ihr. Aber so unauffällig, dass sie es nicht merkte.

»Was glotzt du denn so?«

»Ich?! Ich glotz doch nicht«, erwiderte ich stotternd.

»Will ich dir auch nicht geraten haben«, sagte sie grinsend. »Und jetzt los, wir wollen uns doch die Stadt ansehen.«

Sie griff nach meiner Hand und zog mich von meinem Sitz hoch. Das klappte aber nicht sofort, weil ich mich in dem Ladekabel verhedderte, das ja immer noch an der Steckdose hing.

Als ich mich endlich befreit hatte, hatte sie schon fast den Ausgang erreicht, und ich lief ihr schnell hinterher. Mit dem Ausweis in der Hand kamen wir problemlos aus dem Transferbereich in die Eingangshalle des Flughafens. Zum Glück waren auf den Schildern dort nicht nur chinesische Schriftzeichen, sondern auch Symbole drauf, damit man auch als Analphabet erkennen konnte, wo man hinmusste.

»Da vorne geht es zum Bus«, sagte ich, um nicht nur doof hinter ihr herzulaufen.

»Dafür brauchen wir Hongkong Dollar«, erwiderte sie und ging zu einer Wechselstube, um ein paar Euro gegen die Währung einzutauschen, mit der man hier bezahlen konnte.

Ich nutzte ihre kurze Abwesenheit und das WLAN, um das Foto von ihr in dem Kleid zu posten.

Und ich bin nicht allein unterwegs!

Das schrieb ich als Kommentar dazu.

Das war ein bisschen angeberisch, ich weiß, aber die Jungs vor ihren Rechnern sollten ruhig sehen, wer mich auf meiner Reise begleitete. Die Reaktionen kamen sofort und reichten von »Wow!« bis »WOW!WOW!WOW!«.

»Leg doch mal das Handy weg.« Ich hatte sie gar nicht kommen hören. »Ich habe mit Papas Kreditkarte ein bisschen Geld gewechselt und Bus-Tickets habe ich auch schon.«

»Du hast echt die Kreditkarte deines Vaters geklaut?«

»Nicht geklaut, nur ausgeliehen!«, erwiderte sie. »Für unvorhergesehene Ausgaben.«

Sie stand direkt vor mir und versuchte, einen Blick auf mein Display zu werfen. In letzter Sekunde schaltete ich es aus und ließ das Smartphone in meiner Tasche verschwinden. An den Vibrationen spürte ich, dass noch weitere Kommentare reinkamen, und das hörte erst auf, als ich kein WLAN mehr hatte.

»Woher wusstest du eigentlich, wo man die Bustickets herkriegt?«, fragte ich, als wir zum Ausgang liefen.

»Ich war mit meinem Vater schon mal hier«, antwortete sie, als wären wir hier nicht in Hongkong, sondern im Schwimmbad. »Und mit meiner Mutter auch.«

»Hello! Hello!«, ertönte plötzlich eine Stimme hinter uns.

Ich drehte mich um und sah eine Chinesin, die mir aufgeregt zuwinkte. In der einen Hand hielt sie ihr Handy und an der anderen einen kleinen Jungen, der etwa fünf Jahre alt war.

»Kennst du die Frau?«, fragte sie überrascht.

»Nie gesehen, aber lass uns lieber laufen, sonst verpassen wir noch den Bus.«

Ich klemmte mir meine Sporttasche unter den Arm und rannte los. Sie lief hinterher, so schnell das mit ihrem Rollkoffer ging. Zum Glück wartete der Bus schon abfahrbereit, und nachdem wir reingesprungen waren und unsere Tickets gezeigt hatten, gab der Fahrer auch gleich Gas. Wir gingen nach hinten durch bis zur letzten Reihe und setzten uns. Durch das Rückfenster konnte ich die Chinesin sehen, die winkend und mit dem kleinen Kind an der Hand hinter dem Bus herlief.

»Die kennt dich anscheinend doch«, sagte sie.

»Das muss eine Verwechslung sein«, nuschelte ich und drehte mich schnell vom Fenster weg.

Alexandra winkte der Frau freundlich zurück.

Sie wusste ja nicht, dass die zur Mafia gehörte, und ehrlich gesagt fand ich es ziemlich gemein, dass die für ihre miesen Geschäfte sogar Kinder missbraucht. Und damit meinte ich gar nicht mich, sondern den Fünfjährigen, der angefangen hatte zu heulen, weil seine Mama oder wer auch immer die Frau war, ihn weiter hinter sich herzerrte, bis der Bus auf eine Schnellstraße bog.

Die Straße führte über eine Brücke mitten in die Stadt hinein. Und die war … die war … einfach groß, weil es in Hongkong keine Häuser gibt, die weniger als zehn oder zwanzig Stockwerke haben.

»Auf der Insel ist so wenig Platz, deswegen bauen die hier nur Wolkenkratzer«, erklärte Alexandra ungefragt.

Alles war unglaublich hoch, und schon bald hatte ich Nackenschmerzen, weil ich ständig nach oben gucken musste.

Sie zeigte mir alles wie eine Reiseführerin. Zuerst gingen wir ins Bankenviertel, und da wusste ich auch, warum sie sich extra umgezogen hatte. Die Leute waren alle ganz schick, die Chinesen genauso wie die Europäer, und das passte irgendwie zu den glänzenden Fassaden der Hochhäuser dort. Ich kam mir in meinen verschwitzten Sachen und mit meiner alten Sporttasche unterm Arm plötzlich ganz schäbig vor. Neben ihr sowieso. Und ich war mir sicher, dass jeder hier trotz meines Deos riechen würde, dass ich nach dem langen Flug nicht geduscht hatte. Ich glaube, sie merkte das auf jeden Fall und ging deswegen mit mir zum Meer, wo eine frische Brise wehte. Von dort konnte man das chinesische Festland sehen. Das war gar nicht weit, man hätte sogar rüberschwimmen können. Brauchte man aber nicht, weil es Fähren gab, die ständig hin- und herpendelten.

»Schade, dass du es nachts nicht sehen kannst. Dann sind die Hochhäuser alle bunt beleuchtet und von den Fähren kann man das am besten sehen«, erklärte sie.

»Fahren wir rüber?«

»Keine Zeit, ich wollte dir noch was anderes zeigen.« Sie drehte sich um und lief wieder zurück in die Stadt. Aber diesmal ließen wir die Bankentürme links liegen und kamen in ein Viertel, in dem die Häuser etwas kleiner waren.

»Das musst du dir angucken!«

Wir gingen in einen Hof, in dem nur Chinesen waren. Die Luft hing voller Qualm von den vielen Räucherstäbchen, die überall brannten.

»Das ist ein Tempel«, sagte sie und zeigte auf einen Ofen, vor dem so eine Art Priester stand. Die Leute gaben ihm Papier, das der Mann dann in das Feuer schmiss. Auf das Papier waren Bilder von Autos, Laptops und ganzen Häusern gedruckt. Auch Geldscheine waren dabei, aber die waren nicht echt. Das konnte sogar ich erkennen.

»Die Leute glauben, dass ihre Wünsche in Erfüllung gehen, wenn sie sie verbrennen.« Sie zeigte auf eine Frau, die dem Mann am Ofen einen Zettel mit einem roten Ferrari drauf überreichte.

»Und das klappt?«, fragte ich.

»Natürlich nicht«, erwiderte sie und lachte.

Als sie einen Moment nicht hinsah, nahm ich mir eines der Papiere, die überall rumlagen, und schrieb schnell »Opa gesund« auf den Zettel. Nicht, weil ich wirklich glaubte, dass es ihm helfen könnte. Schaden konnte es aber auch nicht. Bevor sie sich wieder zu mir umdrehte, reichte ich das Papier dem Mann am Ofen, der es lächelnd ins Feuer warf.

Im nächsten Moment zog sie mich auch schon wieder weiter, aus dem Tempelhof hinaus auf eine enge Straße mit ganz vielen Läden, die alle dasselbe anboten.

Ich konnte jedenfalls keinen Unterschied erkennen, weil vor jedem Geschäft die gleichen Körbe mit den gleichen Gewürzen oder was auch immer standen.

In der nächsten Gasse gab es nur Läden, die getrocknete Schildkrötenpanzer anboten, und in einer anderen konnte man Fische kaufen. Die lebten sogar noch, wurden aber in Wasserbecken gehalten, die so flach waren, dass die Tiere nur quer darin herumschwimmen konnten. Es war alles sehr, sehr ungewohnt und gleichzeitig furchtbar spannend, weil es so ganz anders war als der Wochenmarkt bei uns zu Hause.

»Weißt du, was das hier ist?« Aus einem der Körbe nahm sie einen verschrumpelten dünnen Ast und reichte ihn mir.

»Keine Ahnung«, erwiderte ich ehrlich. »Harry Potters verkohlter Quidditch-Besen?«

»Nein«, erwiderte sie lachend. »Das ist ein Hirschpenis. Die Chinesen glauben, dass der gut für die Liebe ist.«

Erschrocken ließ ich das Teil zurück in den Korb fallen, was sie nur noch lauter lachen ließ.

»Komm, wir gehen noch was essen. Die Restaurants hier

in der Gegend sind nicht so wahnsinnig teuer und wir haben noch ein paar Hongkong Dollar übrig.«

Ich überließ ihr die Auswahl des Restaurants, und sie entschied sich für einen kleinen Laden, in dem ein paar Chinesen über dampfenden Suppenschüsseln saßen.

Es gab keine Stühle, nur Hocker, und die waren aus Plastik, genau wie die geblümte Decke, die auf dem Tisch lag.

»Was gibt es denn hier? Pommes?«, fragte ich, nachdem wir uns gesetzt hatten.

»Ganz bestimmt nicht«, entgegnete sie lachend und schob mir die laminierte Speisekarte rüber.

Alle Texte waren auf Chinesisch, aber zum Glück war neben jeder Nummer auch ein Foto abgedruckt, und auch wenn die Bilder schon ziemlich ausgeblichen waren, konnte man so wenigstens ahnen, was man bestellte.

»Ich nehme das da.« Ich zeigte auf ein Bild, auf dem eine Portion Reis und ein bisschen Gemüse zu sehen war. Fleisch wollte ich keines haben, weil ich Angst hatte, dass mir dann Hirschpenis oder Hund serviert wird.

»Man bestellt nicht nur ein Gericht, sondern ganz viele und dann probiert jeder bei jedem.« Sie winkte eine Frau heran und bestellte für uns beide. Es hätte mich gar nicht gewundert, wenn sie das auf Chinesisch gemacht hätte, aber auch sie zeigte nur mit ihrem Finger auf die Karte.

Die Frau notierte sich alles, verbeugte sich dreimal und verschwand in der Küche.

»War das nicht viel zu viel?«, fragte ich, weil sie bei der Bestellung auf ziemlich viele Bilder gedeutet hatte.

»Ach was, das sind alles nur ganz winzige Portionen«, erwiderte sie. »Bin gleich wieder da.«

Sie stand auf und ging auf die Toilette. Zumindest nahm ich das an, sicher war ich mir nicht, weil ich die Symbole auf der Tür nicht entziffern konnte.

Die Frau stellte zwei Tassen Tee auf die Plastiktischdecke und lächelte mich freundlich an. Dabei sah ich, dass sie fast keine Zähne mehr im Mund hatte. Ich lächelte zurück, und sie sagte etwas, was ich nicht verstand. Aber sie lachte mit ihrem zahnlosen Mund, und die anderen Gäste lachten mit, und ich tat es auch, weil es ein freundliches Lachen war.

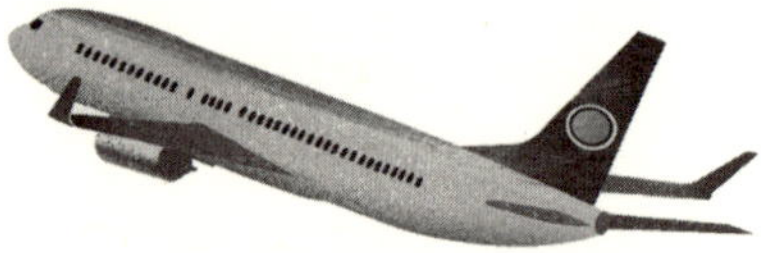

11. KAPITEL

Die zahnlose Kellnerin ging zurück in die Küche, und mir wurde plötzlich zum ersten Mal so richtig klar, wo ich überhaupt war.

Ich war in Hongkong!

Ich, der vorher nie weiter als bis zur Nordsee gekommen war, saß hier in einem chinesischen Restaurant, lachte mit Chinesen, die ich nicht verstand, nippte an meinem Tee, der würzig und irgendwie nach Weihnachten schmeckte, und fühlte mich dabei einfach nur unglaublich gut. So, als wäre ich schon mein Leben lang durch die Welt gereist und hätte ein exotisches Land nach dem anderen besucht. Ich hatte nicht mal mehr Angst, dass die Mafia hier plötzlich auftauchen und auf der Suche nach ihrem Päckchen den ganzen Laden zusammenballern würde.

Als sie vom Klo zurückkam, hockte ich immer noch dämlich glücklich grinsend auf meinem Plastikhocker.

»Was hast du eigentlich auf den Zettel geschrieben?«, fragte sie und setzte sich mir gegenüber.

»Was denn für einen Zettel?«.

»Na, das Papier in dem Tempel. Das, was du dem Mann zum Verbrennen gegeben hast.«

Mit einem Mal war das gute Gefühl weg, weil ich an meinen Opa denken musste und wie er in seinem Krankenhausbett lag und daraus vielleicht nicht wieder aufstehen würde.

»War nicht so wichtig!«, erwiderte ich.

»Sag schon! Du hast dir doch keinen Ferrari gewünscht, oder doch?«

»Der Zettel war nicht für mich, der war für meinen Opa.«

»Du hast dir den Ferrari für deinen Opa gewünscht?«

»Nein, ich habe mir gewünscht, dass er wieder gesund wird. Ich habe dir doch erzählt, dass er krank, schwerkrank ist.«

Sie griff über den Tisch nach meiner Hand und das fühlte sich ziemlich gut an, so wie schon im Flieger. Gleichzeitig hatte ich ein schlechtes Gewissen, weil ich die tröstende Berührung ausgerechnet meinem todkranken Großvater zu verdanken hatte.

»Erzähl mir von ihm«, forderte sie mich auf und das tat ich dann auch. Ich erzählte ihr, was wir alles zusammen unternommen hatten, wie er mir Radfahren und Schwimmen beigebracht hatte und wie wir zusammen zelten gegangen waren, weil meine Eltern wegen ihrer vielen Arbeit keine Zeit für mich hatten. Und ich erzählte ihr auch, wie wir dann weggezogen waren und wie ich Rotz und Wasser geheult hatte, als der Lastwagen mit unseren Möbeln losgefahren war. Und er auch, das hatte ich sehen können, obwohl er sich Mühe gegeben hatte, dass ich es nicht sah.

Und während ich erzählte, spürte ich, wie ich selber anfing

zu heulen, obwohl ich das gar nicht wollte. Vor ihr schon gar nicht.

Zum Glück kam genau in dem Augenblick die Chinesin mit den ersten beiden Schüsseln aus der Küche. Sie stellte sie zwischen uns auf den Tisch und holte dann noch vier weitere.

Es war unglaublich viel, und es war völlig klar, dass wir beide das niemals alles schaffen würden.

»Wenn das die winzigen Portionen sind, möchte ich nicht wissen, wie die normalen aussehen«, sagte ich und zeigte auf die Schüsseln vor uns. »Zum Glück hat sie den Reis vergessen.«

»Den gibt es hier in Hongkong immer erst nachher, falls man nicht satt geworden ist«, erklärte sie und griff nach den Stäbchen, die neben den Tellern lagen.

»Also nie«, entgegnete ich und nahm mir auch zwei Stäbchen, weil ich nirgendwo richtiges Besteck entdecken konnte.

»Man darf sowieso nicht alles aufessen, das gilt als unhöflich und beschämt den Gastgeber«, sagte sie und schob sich ein Stück gebratenes Fleisch in den Mund.

Ich beobachtete genau, wie sie die beiden Plastikstäbchen zwischen ihren Fingern hielt, und versuchte, es ihr nachzumachen. Aber was bei ihr so leicht aussah, klappte bei mir überhaupt nicht. Entweder ich bekam die Fleischstückchen mit den Stäbchen gar nicht erst zu fassen oder ich verlor sie auf dem langen Weg von der Schüssel bis zu meinem Mund.

Irgendwann hatte die zahnlose Chinesin Mitleid mit mir und brachte mir lachend eine Gabel.

»Danke«, sagte ich, und erst als mir einfiel, dass sie das ja gar nicht verstehen konnte, verbeugte ich mich höflich.

Mit der Gabel gelang es mir endlich, etwas von dem Essen zu probieren. Erst nur kleine Stückchen, ganz vorsichtig, weil ich ja nicht wusste, ob es mir schmeckte, dann aber griff ich immer begeisterter zu, weil ich so etwas Tolles noch nie zuvor gegessen hatte. Meine Eltern stehen eher so auf deutsche Küche. Ab und zu gehen wir auch mal Pizza essen, aber in einem asiatischen Restaurant waren wir noch nie. Deswegen trafen mich die ungewohnten Aromen völlig unerwartet. Ich wollte auch gar nicht wissen, was für eine Art von Fleisch ich mir da gerade in den Mund stopfte. Sie wusste es bestimmt auch nicht, und die alte Kellnerin konnte ich nicht fragen, die verstand mich ja nicht.

Ehrlich gesagt war es mir so auch lieber. Am Ende aß ich hier gerade Hund oder Schlange oder sogar einen von diesen Hirschpenissen, die sie mir in die Hand gedrückt hatte. Was man nicht weiß, macht einen nicht heiß, hat mein Opa immer gesagt, und das war ein ziemlich kluger Spruch, fand ich. Der galt ja auch für meine Eltern. Die glaubten schließlich immer noch, dass ich brav zu Hause saß und mir die Zeit mit Computerspielen vertrieb.

Während wir aßen, sprachen wir nicht viel, eigentlich gar nichts. Erst als wir beide nicht mehr Papp sagen konnten und die halb vollen Schüsseln von uns wegschoben, fragte ich sie, was ich sie schon die ganze Zeit fragen wollte.

»Was ist eigentlich mit deinen Großeltern? Leben die noch?«

»Die einen schon, aber die wohnen in Florida und ich sehe sie nur zu Weihnachten. Die anderen sind tot.«

»Oh, das tut mir leid«, flüsterte ich.

»Die sind bei einem Flugzeugabsturz gestorben.«

»Darüber macht man keine Witze!«, erwiderte ich, weil ich dachte, sie wollte mir vor unserem nächsten Flug ein bisschen Angst einjagen.

»Das war kein Witz.«

»Oh, entschuldige!« Gott, war das peinlich, und ich überlegte, was ich schnell hinterherschieben konnte, um die Situation zu retten. »Und trotzdem fliegst du? Ich meine, deine Großeltern sind dabei gestorben? Ich würde da nie wieder in einen Flieger steigen.«

»Warum nicht? Es sterben ständig Menschen im Straßenverkehr und trotzdem fahren die Leute weiter Auto. Autofahren ist viel gefährlicher als Fliegen, sagte ich doch schon. Mein Vater hat trotzdem ein Jahr gebraucht, bevor er sich wieder in ein Cockpit gesetzt hat. Das war schön, weil er so viel zu Hause war. Aber ich habe gespürt, dass ihm was gefehlt hat. Deswegen war ich dann doch froh, als er zu seinem Piloten-Job zurückgekehrt ist. Jetzt ist er zwar ständig unterwegs, aber glücklicher.«

»Meine Eltern sind auch nie da«, bemerkte ich. »Die reisen zwar nicht um die ganze Welt, aber am Ende macht das keinen Unterschied.«

»Wahrscheinlich hast du recht. Entweder sind sie da oder nicht. Und wenn sie nicht da sind, ist es auch egal, ob sie sich gerade in Kalifornien oder im Nachbarort rumtreiben.« Sie schaute auf die Uhr. »Apropos Kalifornien, wenn wir uns nicht ein bisschen beeilen, verpassen wir unseren Flieger nach Los Angeles.«

Wir bedankten uns bei der zahnlosen Alten und gaben ihr

unsere ganzen Hongkong Dollar. Ich war nicht sicher, ob das Geld für das viele Essen reichen würde, aber so wie die Chinesin uns anstrahlte, war es mehr als genug.

Das mit dem Beeilen hat aber nicht so richtig gut geklappt, weil es so wahnsinnig viel zu sehen gab. Alles war immer noch fremd und spannend. Deswegen brauchten wir länger bis zur Haltestelle, und als wir endlich dort ankamen, fuhr unser Bus gerade ab. Brüllend und winkend rannten wir ihm hinterher, und ich spürte, wie ich plötzlich Panik bekam. Bei uns zu Hause den Bus zu verpassen, ist die eine Sache. Da nimmt man einfach den nächsten. Hier den Bus zu verpassen, hieß auch, den Flieger zu verpassen, und das bedeutete, in Hongkong zu stranden. In meinem Kopf spielte ich bereits das Telefongespräch mit meinen Eltern durch.

»Hallo, Mama, hallo, Papa. Könnt ihr mich kurz abholen, ich habe den Bus verpasst.«

»Wo bist du denn?«

»In Hongkong.«

Bei der Vorstellung musste ich lachen.

»Spar dir die Puste und lauf!«, brüllte sie von der Seite.

Der Bus war schon weitergefahren, musste aber an einer roten Ampel halten, und das war unsere Chance, ihn doch noch zu erwischen.

Für mich hätte der Fahrer die Tür bestimmt nicht aufgemacht, aber als sie in ihrem Kleid mit den Fäusten gegen das Glas trommelte, ließ er uns rein und war noch nicht mal böse auf sie. Im Gegenteil, er lächelte freundlich und half ihr sogar mit dem Koffer die Trittstufen hoch. Mir half er nicht, aber das machte nichts, weil ich einfach nur froh war, dass mir das Telefonat mit meinen Eltern erspart geblieben war.

Wir setzten uns wieder in die hintere Reihe, um durch die Scheibe einen letzten Blick auf die Stadt werfen zu können. Es wurde schon dunkel, die Lichter gingen an und der Blick auf die bunt angestrahlten Hochhäuser war einfach atemberaubend. Auf dem Festland, das der Insel gegenüberlag, gab es einen Wolkenkratzer, der höher war als alle anderen. Mit Lasern wurde an die Fassade eine Frau projiziert, die auf der Wand tanzte. Einfach mal bei YouTube die Wörter Hongkong und Laser Light Show eingeben, dann wisst ihr, wovon ich hier rede.

»Und? Habe ich zu viel versprochen?«, fragte sie.

Ich schüttelte nur den Kopf. Ich war unfähig, auch nur ein einziges Wort zu sagen, weil der Anblick der Tänzerin so unbeschreiblich schön war.

Wir knieten auf den Sitzen und hatten unsere Arme um die Lehnen geschlungen, um die beleuchteten Hochhäuser durch die Heckscheibe besser sehen zu können. In dem Augenblick konnte ich mir auf der ganzen Welt keinen Ort vorstellen, an dem ich lieber gewesen wäre. Und das war schon komisch, weil ich Alexandra ja vor gar nicht langer Zeit so sehr gehasst hatte wie niemanden sonst. Dass das jetzt anders war, lag nicht an ihrem Kleid, überhaupt nicht, sondern daran, dass ich jetzt schon ein bisschen mehr über sie wusste und dass wir zusammen auf dieser komischen Reise waren, und da wäre es ja blöd gewesen, wenn man sich nicht vertragen würde.

Irgendwann machte der Bus eine Kurve, und das Spektakel war vorbei, weil uns ein Berg die Sicht versperrte. Trotzdem starrten wir noch eine Weile aus dem Fenster, bevor wir uns umdrehten und auf unsere Sitze fallen ließen.

Ich war noch ganz hin und weg, doch dann beugte sie sich über mich, zog ihre Stirn kraus und fragte mich: »Hast du eigentlich gar nicht geduscht?«

Und schwups, war der ganze Zauber verschwunden.

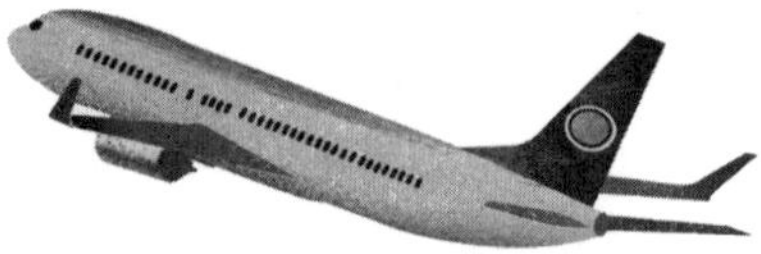

12. KAPITEL

Bevor ich aus dem Bus stieg, schaute ich mich nach der Mafiabotin mit dem kleinen Jungen um. Erst als ich sicher war, dass die beiden vor dem Flughafengebäude nicht auf mich warteten, stieg ich aus und folgte Alexandra zum Schalter, an dem wir uns neu einchecken mussten.

»Warum hast du das nicht online gemacht?« Ich befürchtete, dass wir Ärger kriegen würden, weil wir beide hier allein unterwegs waren.

»Das ging nicht, das System hat mich immer wieder rausgeschmissen«, antwortete sie. »Aber jetzt mach dir mal nicht in die Hose, ich regele das schon.«

»Ich mach mir nicht in die Hose!«

»Doch, machst du!«

Ich konnte nichts mehr erwidern, weil wir jetzt schon ganz vorne in der Schlange standen.

Auf Englisch erzählte sie der Frau, dass wir Halbgeschwister wären und auf dem Weg zu … sie blickte sich zu mir um sagte dann: »Wir sind auf dem Weg zu unseren Eltern, die heiraten in Los Angeles. Es ist das zweite Mal, nachdem sie sich vor drei

Jahren haben scheiden lassen. Ist das nicht fantastisch, dass die wieder zusammengefunden haben? Ich und mein Bruder, wir haben uns das so sehr gewünscht und jetzt freuen wir uns total. Unsere Eltern sind schon vorgeflogen, um die Hochzeit vorzubereiten, und wir fliegen nun hinterher.«

Wenn mich nicht alles täuscht, hatte die Stewardess Tränen in den Augen, als Alexandra ihr die Geschichte von der wundersamen Versöhnung unserer angeblichen Eltern erzählte. Spätestens da war klar, dass wir keinen Ärger kriegen würden. Während sie sich um den Papierkram kümmerte, schaute ich auf mein Handy. Hier im Flughafen hatte ich wieder WLAN und konnte meinen Blog checken. Die Besucherzahlen waren regelrecht explodiert, und mir war schon klar, dass ich die meisten Klicks davon nur ihrem Kleid zu verdanken hatte. Um den Traffic auf der Seite konstant zu halten, lud ich ein paar von meinen spektakulärsten Hongkong-Fotos hoch: den Tempel, die Fische, den Hirschpenis, unser Essen und natürlich die Lasershow an den Fassaden der Hochhäuser. Dazu textete ich:

Ganz großes Kino in Hongkong und ich habe eine der beiden Hauptrollen.

Ich achtete darauf, dass sie auf fast jedem Bild zu sehen war. Angst, dass sie das merken würde, hatte ich keine. Seit wir unterwegs waren, hatte sie noch nicht einmal ihr Handy in die Hand genommen.

»Ich habe eine Überraschung«, erklärte sie strahlend, als sie mit unseren Tickets vor mir stand.

»Wieder ein Buch? Ich bin mit dem anderen noch gar nicht fertig«, antwortete ich und steckte schnell mein Telefon weg.

»Viel besser.«

»Was denn?«

»Lass dich überraschen, würde ich es dir erzählen, wäre es ja keine Überraschung mehr.«

Diesmal fragte ich sie vor der Sicherheitsschleuse nicht, ob ich mich komplett ausziehen müsste. Ich war ja auch kein Anfänger mehr, sondern ein richtiger Profi, was das Fliegen anging. Schließlich war ich mit dem Flugzeug hierhergekommen und nicht wie der verrückte Engländer in dem Buch mit dem Zug und dem Schiff.

Langsam verstand ich auch, warum sie Flughäfen so liebte. Nicht nur, dass hier alles super aufgeräumt, sauber und ordentlich war, vor allem war es ein Ort, an dem alles möglich war. Warum nicht einfach in einen Flieger nach Moskau einsteigen? Oder nach Hawaii oder Sydney oder Tokio? Meinetwegen auch nach Berlin, da war ich ja auch noch nie gewesen. Auf Flughäfen steht einem die ganze Welt offen.

Das ist wie so eine Art Trampolin oder noch besser, wie eines dieser Holzbretter, die beim Sport vor dem Bock liegen und einen in die Höhe katapultieren, damit man über den Holzkasten überhaupt rüberkommt. Flughäfen katapultieren dich in die ganze Welt.

Alles, was man dazu braucht, ist ein Ticket. Und wir hatten eines, eines, das uns geradewegs nach L.A. bringen würde.

Lässig legte ich meine Tasche auf das Band und zog mir auch den Gürtel aus, damit es nicht wieder piepste, wenn ich durch die Schleuse ging.

Auf der anderen Seite schnappte ich mir meine Sachen und schlenderte mit ihr zu dem Gate, von dem unserer Flieger starten sollte. Es war noch ein bisschen Zeit, und die wollte ich nutzen, um mich frisch zu machen. Wir würden wieder einen halben Tag dicht nebeneinandersitzen, und da war es sicher von Vorteil, wenn ich nicht mehr ganz so stank wie jetzt.

»Ich geh mal kurz in den Waschraum«, sagte ich.

»Sehr gute Idee!«, lobte sie und ließ sich auf einen der Sitze im Wartebereich sinken.

Sie sah müde aus, und erst jetzt spürte ich, wie kaputt ich selber war. Das musste dieser Jetlag sein, von dem ich mal gelesen hatte. Das ist wie eine Krankheit, nur dass man die nicht durch Viren und Bakterien bekommt, sondern durch die Zeitumstellung bei langen Reisen. An einer Wand hingen vier Uhren mit den Uhrzeiten der unterschiedlichen Zeitzonen nebeneinander. In Hongkong war es jetzt achtzehn Uhr, in Paris zwölf und in Los Angeles drei Uhr morgens und auch einen Tag früher als hier. Das lag an der Datumsgrenze im Pazifik, das hatten wir letztes Jahr in Erdkunde gelernt. Irgendwo über dem Meer ist ein Strich, also kein echter, nur so ein gedachter, und wenn man den von Osten nach Westen überquert, ist plötzlich nicht mehr der zweite Juli, sondern erst der erste. Nur mal so als Beispiel. Deswegen sind die Menschen auf der Insel Samoa, die liegt da irgendwo auf dem Strich, auch Ende des Jahres immer die ersten, die Silvester feiern dürfen. Dreizehn Stunden vor uns und das sieht man ja oft im Fernsehen, wenn man selber am letzten Dezembertag noch beim Mittagessen sitzt. So ganz verstanden, warum das so ist, hatte ich es im Unterricht auch nicht. Aber ich weiß noch, dass ich das mit der Zeitverschiebung damals vor dem Erdkundetest zu Hause an unserem Globus geübt hatte.

Die Tür zu den Toiletten lag genau unter den Uhren. Der Raum war leer und das fand ich gut. Ich zog mir mein T-Shirt aus und begann mich zu waschen. Dazu benutzte ich die Seife aus dem Spender, der neben dem Becken hing. Die roch zwar auch nicht besonders gut, aber immerhin fühlte ich mich danach sauberer und wegen des kalten Wassers auch ein bisschen wacher als vorher.

Ich war gerade dabei, mich mit Papierhandtüchern abzutrocknen, als eine Frau den Waschraum betrat.

Sie fing sofort an zu schreien und ich auch.

Zuerst dachte ich, die Frau wäre die Mafiabotin, die mit dem Kleinen auf mich gewartet hatte. Für mich sahen die Chinesen hier im Flughafen und in der Stadt alle gleich aus und wahrscheinlich geht es denen mit uns Europäern genauso.

Zum Glück war sie es nicht, sonst hätte sie mich hier ohne Zeugen erschießen können. Aber wenn sie nicht zur Mafia gehörte und hinter mir her war, was zum Teufel machte sie dann hier auf dem Männerklo?, fragte ich mich.

Ich schaute mich um und bemerkte erst jetzt, dass es da gar keine Pinkelbecken gab. Und das konnte nur zwei Dinge bedeuten: Entweder gab es die in Hongkong gar nicht oder ich war versehentlich auf der Damentoilette gelandet. Wahrscheinlich, weil ich die ganze Zeit auf die Uhren mit den unterschiedlichen Zeiten gestarrt und nicht auf die Symbole an den Türen geachtet hatte.

Völlig sinnlos murmelte ich Entschuldigungen, zog mir schnell das T-Shirt über meinen knallroten Kopf und rannte an der Frau vorbei nach draußen.

Alexandra saß immer noch auf dem Platz und lachte, als ich hochrot auf sie zugelaufen kam.

»Ich habe die ganze Zeit nur darauf gewartet, dass dich jemand auf dem Mädchenklo überrascht!«

»Du hättest mich ruhig warnen können, wenn du gesehen hast, dass ich die Tür verwechselt habe!«

»Hätte ich dir hinterherrennen und dich da rauszerren sollen?« Sie lachte immer noch.

»Zum Beispiel«, erwiderte ich sauer.

»Krieg dich wieder ein«, erklärte sie und stand auf. »Sonst lass ich dich stehen und flieg allein weiter.«

»Das würdest du nicht tun!« Ich spürte, wie eine leichte Panik in mir aufstieg, weil mir plötzlich klar wurde, wie abhängig ich von ihr war. Ich hatte weder ein Ticket, noch kannte ich unsere genaue Route oder wusste die Namen der Fluggesellschaften, bei denen sie unsere Reise gebucht hatte. Wir waren irgendwo in Asien und flogen weiter Richtung Osten, bis wir irgendwann wieder in Europa ankommen würden. Das war so ziemlich alles, was ich wusste, und das war ziemlich wenig. Wenn sie mich einfach hier stehen lassen würde, wäre ich völlig aufgeschmissen. Dann müsste ich doch bei meinen Eltern anrufen, damit sie mich hier in Hongkong abholten.

»Würdest du doch nicht, oder?«, wiederholte ich.

»Kennen wir uns?« Sie trat einen Schritt zurück und schaute mich an, als wären wir uns noch nie begegnet.

»Mach keinen Scheiß«, flüsterte ich.

»Was willst du von mir?« Sie blickte sich Hilfe suchend um und tatsächlich guckten schon ein paar Leute. »Lass mich in Ruhe!«

Ein Mann, der aussah, als hätte er in seiner Jugend ziemlich erfolgreich Rugby gespielt, machte schon ein paar Schritte auf uns zu, um ihr zu Hilfe zu kommen.

»Hör sofort auf mit dem Mist«, zischte ich.

Der Muskelprotz hatte uns schon fast erreicht, als sie zu lachen anfing.

»Alles okay, alles in Ordnung«, beschwichtigte sie den Mann auf Englisch, dann wandte sie sich wieder mir zu. »Jetzt hast du schon wieder Schiss bekommen, oder?«

»Das war nicht komisch!«

»Ich habe gesehen, dass du Schiss hattest«, erwiderte sie. »Also immer schön brav sein, dann nehme ich dich auch weiter mit und vergesse dich nicht irgendwo unterwegs.«

»Hahaha!«, machte ich und zeigte auf das Gate, an dem sich schon eine Schlange gebildet hatte. »Wir sollten uns anstellen, sonst geht der Flieger noch ohne uns.«

»Brauchen wir nicht«, entgegnete sie und zog ihren Koffer zu einer Stewardess, die an dem Schalter stand, an dem es keine Schlange gab. Sie gab unsere Tickets ab, und die Frau schleuste uns an den Wartenden vorbei in den Gang, der zum Flieger führte.

»Was ist denn jetzt los?«, fragte ich verwirrt.

»Überraschung, sagte ich doch!«

Wir hatten die Tür des Fliegers erreicht, und ich wollte schon nach hinten durchgehen, dahin, wo die billigen Plätze waren.

»Wo willst du denn hin?«, rief sie mir hinterher.

Als ich mich umdrehte, sah ich, dass sie sich auf einem der Luxussessel niedergelassen hatte und mit der Hand auf den Sitz neben sich deutete.

»Aber …«

»Die Frau beim Check-in hatte sich selber immer gewünscht, dass ihre geschiedenen Eltern wieder zusammenkommen würden. Das hat sie mir erzählt. Unsere Geschichte hat sie so gerührt, dass sie uns ein Upgrade für die erste Klasse spendiert hat.«

»Aber die Geschichte war doch komplett gelogen. Das ist Betrug!«

»Von mir aus kannst du den Flug über auch gerne stehen«, erwiderte sie beleidigt.

Weil von hinten schon die nächsten Passagiere kamen, setzte ich mich schnell neben sie.

»Na, geht doch«, brummte sie zufrieden und holte ihr Handy aus der Tasche.

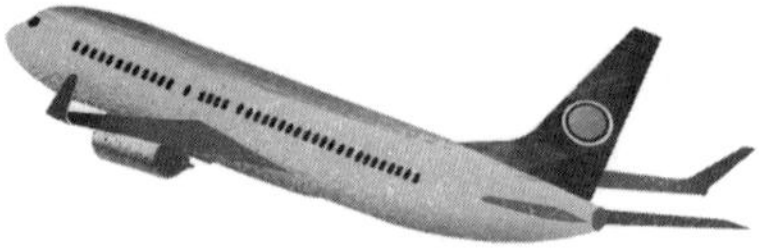

13. KAPITEL

Für einen Moment hatte ich Angst, dass sie auf meinem Blog vorbeisurfen und ihre Bilder dort entdecken würde. Aber sie schaute nur kurz auf die Stoppuhr, die sie bei unserem Aufbruch gestartet hatte.

»Weißt du eigentlich, wie lang wir schon unterwegs sind?«

»Keine Ahnung. Zwei oder drei Tage …«, antwortete ich.

»Noch nicht mal dreißig Stunden«, sagte sie und zeigte mir die Zahlen auf dem Display. Dabei konnte ich sehen, dass bei ihr ein ganzer Haufen unbeantworteter Anrufe und Nachrichten eingegangen war.

»Kommt mir viel länger vor«, erwiderte ich und das stimmte. Ich dachte wirklich, wir wären schon tagelang unterwegs. Und das ist ja oft so: Wenn in den Ferien viel passiert, vergeht die Zeit wahnsinnig schnell, aber hinterher denkt man, das hätte ewig lang gedauert. Und umgekehrt ist es genauso: Wenn nichts passiert, vergeht die Zeit wahnsinnig langsam, aber hinterher wundert man sich, dass die Ferien schon wieder vorbei sind.

»Mir auch«, erwiderte sie nachdenklich und steckte ihr Handy weg, ohne die Liste mit den vielen Anrufen zu beachten.

Das wunderte mich, weil ich eigentlich immer sofort zurückrufe. Das liegt aber vielleicht auch daran, dass ich nicht so wahnsinnig viele Anrufe und Nachrichten erhalte.

Die Sessel hier in der ersten Klasse waren wirklich der Hammer. Auf Knopfdruck konnte man da richtige Betten draus machen und viel mehr Platz für die Beine hatte man auch. Noch besser waren die Stewardessen. Die waren schon bei unserem Flug nach Hongkong in der Touristenklasse echt nett gewesen, aber jetzt waren sie doppelnett hoch drei. Ständig kam jemand an unserem Platz vorbei und erkundigte sich, ob uns irgendwas fehlen würde. Aber mehr als fünf Cola in einer Stunde schaffe selbst ich nicht.

Auch das Essen war viel besser, obwohl ich es ja vorher schon ganz lecker gefunden hatte. Hier gab es auch keine Plastikschalen, sondern richtige Teller aus Porzellan und Messer und Gabel aus Metall. Doof war nur, dass ich keinen Hunger mehr hatte und sie auch nicht. Wir waren beide noch pappsatt von den vielen Schüsseln in dem kleinen Restaurant, in dem wir in der Stadt gegessen hatten. Die Stewardess war ganz besorgt, weil wir kaum etwas angerührt hatten, und fragte uns sogar, ob wir lieber ein Eis haben wollten. Aber selbst das lehnten wir beide höflich ab.

Alexandra holte schließlich ihr Lindenberg-Kissen heraus und stellte ihren Sessel in Liegeposition. Kurz darauf war sie auch schon eingenickt, und dafür beneidete ich sie fast so sehr wie damals, als ich auf der Ersatzbank saß und sie im Tor stand. Ich konnte nicht schlafen und das lag nicht nur an der vielen

Cola, sondern auch an diesem ganzen Zeitdurcheinander. Bei uns zu Hause war es jetzt früher Nachmittag, aber wenn ich aus dem kleinen Fenster schaute, sah ich draußen die Sterne.

Außerdem wollte ich den Moment nicht verpassen, wenn wir über die Datumsgrenze flogen und aus dem zweiten Juli plötzlich der erste wurde. Das musste man doch irgendwie spüren, dachte ich, während ich durch das Filmangebot scrollte. Leider war es dasselbe wie auf den billigen Plätzen. Richtig gute Filme waren kaum welche dabei.

Weil ich nichts Spannendes zum Gucken fand, nahm ich das Buch in die Hand und las ein paar Kapitel weiter. Nachdem es am Anfang echt langweilig gewesen war, passierte jetzt plötzlich eine ganze Menge. Aber das kannte ich schon von den alten Büchern, die mein Opa mir früher vorgelesen hatte. Da dauerte es auch immer ewig, bis die Geschichte endlich spannend wurde, und irgendwann hat er angefangen, die ersten fünfzig Seiten einfach zu überspringen. Das hätte ich bei »In achtzig Tagen um die Welt« auch machen sollen, denn so richtig was passiert da auch erst, wenn dieser Phileas Fogg mit seinem Begleiter in Indien ankommt. Da retten die beiden eine junge Frau vor dem Tod auf dem Scheiterhaufen und reisen mit ihr dann weiter nach Hongkong. Und das war ja klar, dass da noch eine Frau auftauchen musste. Genauso klar war, dass sich dieser Fogg in die Frau verlieben würde. Das ist in Büchern und Filmen ja immer so. Ich schaute kurz zur Seite. Alexandra lag neben mir, aber ich konnte ihre Augen nicht sehen, weil sie so eine dunkle Schlafmaske trug. Die hatte uns die Stewardess gegeben, damit uns beim Schlafen das Licht nicht störte. Ich sah nur die kleine Narbe auf ihrer Stirn, weil das Pflaster abgegangen war. Die Narbe sah aus wie eine kleine Insel mit Buchten und Hügeln. Ich musste mich echt zusammenreißen, weiterzulesen. In Hongkong ballert sich Passepartout in einer Drogenhölle so richtig ordentlich zu, und sein Herr, also dieser Fogg, wird plötzlich verdächtigt, kurz vor seiner Abreise in London eine Bank überfallen zu haben. Deswegen ist ein Detektiv hinter ihm her. In dem Buch ging jetzt richtig die Post ab, und ich ärgerte mich, dass ich das nicht schon viel früher in der Schule gelesen hatte. Scheiterhaufen, Drogen und Banküberfälle kommen in den Büchern, die wir in der Schule lesen müssen, ja sonst eher selten vor.

Und während ich da auf meinem Platz saß und kurz zu ihr rüberblickte, fiel mir auf, dass das ja alles eins zu eins auch auf mich passte. Nicht nur das mit der Weltumrundung, sondern auch der ganze Rest. Also fast, weil ich sie ja nicht vom Scheiterhaufen gerettet und auch keine Bank überfallen hatte. Aber das mit den Drogen und dem Verfolgtwerden passte. Zwar nicht von einem Detektiv, dafür aber von der Mafia, und das war ja sogar noch viel gefährlicher, weil die mich ja nicht nur verhaften, sondern mit einem Betonblock an den Füßen in irgendeinem See versenken wollte. Ich glaubte nämlich immer noch nicht, dass die ihr Päckchen einfach so verloren geben würden. Immerhin ging es um eine Menge Geld und außerdem hatten sie doch mein Foto. Internationale Fahndungslisten besitzt ja nicht nur die Polizei, die Mafia hat so was bestimmt auch. Da stehen alle drin, die der Mafia Geld schulden. Und wenn dich die Hongkong-Mafia nicht erwischt, erledigen das eben die Kollegen in den USA oder sonst wo.

Irgendwann sind wir dann tatsächlich über die Datumsgrenze geflogen. Der Pilot hat über den Lautsprecher nichts gesagt, weil alle anderen Passagiere geschlafen haben. Dafür kam die Stewardess zu mir, um mir Bescheid zu geben. Es dauerte ein bisschen, bis ich verstand, was sie mir auf Englisch sagen wollte.

Als ich es endlich kapiert hatte, war ich gespannt, ob ich etwas spüren würde. Aber da war gar nichts. Ich fühlte mich weder einen Tag jünger noch fühlte ich sonst irgendwas. Außer einer großen Müdigkeit und gleichzeitig einer großen Unruhe wegen der vielen Cola.

Alexandra hat fast den ganzen Flug über geschlafen. Manchmal musste ich sie leicht in die Seite stupsen, weil sie leise angefangen hatte zu schnarchen. Nicht besonders laut, aber doch so, dass es jeder hören konnte. Beim dritten Mal nahm Udo Lindenberg auf ihrem Kissen seine Sonnenbrille ab und blinzelte mir verschwörerisch zu. Aber das habe ich mir bestimmt nur eingebildet, weil ich völlig übermüdet war und außerdem auch noch schreckliche Kopfschmerzen hatte.

Ich konnte nicht mehr lesen, schlafen aber auch nicht, und ich ärgerte mich, dass ich die erste Klasse gar nicht richtig genießen konnte. Dann aber dachte ich, dass es doch besser war, es ging einem hier schlecht als hinten auf den billigen Plätzen. »Geld macht nicht glücklich, aber wenn man schon weinen muss, ist es besser, man sitzt im Taxi und nicht im Bus«, hat mein Opa früher immer gesagt. Damals habe ich das nicht verstanden, jetzt schon.

Irgendwann bin ich dann doch eingeschlafen und habe von meinem Opa geträumt. Er war tot und ich auch und wir waren beide im Himmel. Wir trugen weiße Sachen, saßen auf einer Wolke und beobachteten die Flugzeuge, die an uns vorbeizogen. Manchmal winkten wir den Leuten hinter den Fenstern zu. Aber es winkte nie jemand zurück.

In einem der Flieger saß sie. Sie schaute aus dem Fenster, so als würde sie nach jemandem suchen. Ich winkte wieder, aber auch sie winkte nicht zurück. Ich weiß noch, wie ich im Traum dachte: »Ist ja auch klar. Sie kann mich ja gar nicht sehen, weil ich doch tot bin.« Und ehrlich gesagt fühlte sich das mit dem Totsein gar nicht so schlecht an. Mir ging es tot auf jeden Fall deutlich besser als vor meinem Traum.

Deswegen wollte ich gar nicht mehr aufwachen, sondern einfach ewig mit meinem Opa auf dieser Wolke sitzen bleiben und den vorbeikommenden Fliegern zuwinken.

Das ging aber leider nicht, weil sie mich irgendwann am Arm rüttelte.

»Wir landen gleich! Da vorne kannst du schon die amerikanische Küste erkennen.« Sie zeigte aus dem Fenster, und tatsächlich konnte ich unter uns sehen, wie der Pazifik an einen weißen Strand stieß. Von hier oben sah es aus, als wären die schäumenden Wellen eine Armee von weißen Rittern, die wieder und wieder erfolglos gegen eine Burg aus Sand anrannten.

»Wann gibt es Frühstück?«, fragte ich, weil ich nach dem Schlafen wieder Hunger hatte.

»Vor einer Stunde. Jetzt ist es schon zu spät, wir landen ja gleich«, sagte sie. »Da hast du echt was verpasst. Es gab Rührei und Würstchen und alle möglichen Arten von Säften. Mango, Ananas, Grapefruit und sogar Erdbeeren. Und dazu konnte man Brötchen mit Marmelade und Schokocroissants haben, so viel man wollte. Ich habe mir ein Omelett mit Käse bestellt und das haben die extra für mich gemacht, ganz frisch und überhaupt nicht aufgewärmt. Ich liebe die erste Klasse!«

»Warum hast du mich denn nicht geweckt?«

»Du hast so glücklich gelächelt. Da habe ich es nicht über mich gebracht, dich aus dem Schlaf zu reißen. Aber ich habe dir was aufgehoben.« Sie reichte mir ein halbes Schokocroissant, das sie in eine Serviette gewickelt hatte.

»Danke, sehr fürsorglich«, murmelte ich, obwohl ich es überhaupt nicht besonders fürsorglich fand, dass sie mir nach all den Köstlichkeiten, die sie aufgezählt hatte, nur ein halbes Schokocroissant aufgehoben hatte, das außerdem schon ziemlich zerkrümelt war.

Ich aß es trotzdem, und kurz darauf spürte ich auch schon, wie die Reifen unseres Fliegers im Morgengrauen auf der Landebahn von Los Angeles aufsetzten.

TAG DREI
Ankunft LA
2. Juli, 5 Uhr Ortszeit

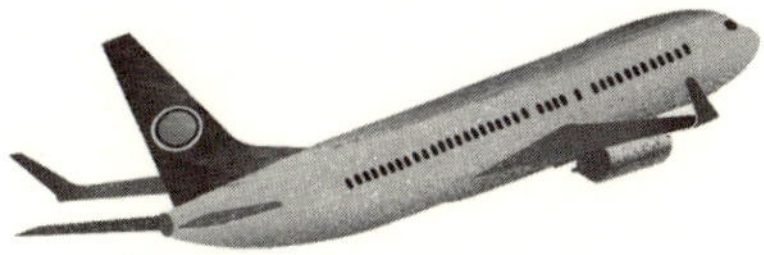

14. KAPITEL

»Und? Gucken wir uns wieder die Stadt an?«, fragte ich, als wir den Flieger verließen. Der Ausflug nach Hongkong hatte mir Spaß gemacht. Obwohl alles so fremd gewesen war. Vielleicht aber auch gerade deswegen. In Los Angeles würde es ähnlich, aber natürlich ganz anders fremd sein, nahm ich an. Ganz in der Nähe lag Hollywood, und da gab es geführte Touren, bei denen man sich die Filmstudios und die Villen der Stars anschauen konnte. Natürlich nur von außen, aber das hätte ich gerne gemacht, wo ich schon mal hier war.

»Nein«, antwortete sie.

»Wieso denn nicht?«

»Weil wir keine Visa haben, die brauchen wir aber, um den Flughafen verlassen zu dürfen.«

»Können wir uns die nicht besorgen?«

»Lohnt sich nicht. So viel Zeit haben wir gar nicht, bis der nächste Flieger geht. Außerdem bezweifle ich, dass die uns ohne Unterschrift unserer Eltern ins Land lassen würden. Wir hocken uns einfach hier in den Transitbereich und warten, bis unser Flug nach New York aufgerufen wird.«

Wahrscheinlich hatte sie recht, blöd war es trotzdem. Da war man schon mal in den USA, und das Einzige, was man davon zu sehen bekam, war die Flughafen-Shoppingmeile, in der es genau dieselben Dinge zu kaufen gab wie bei uns zu Hause.

Der Flughafen war riesig, und es dauerte, bis wir das richtige Gate für unseren Anschlussflug gefunden hatten. Ich hielt die ganze Zeit Ausschau nach der Mafia, konnte aber niemand Verdächtiges erkennen. Obwohl, das stimmt nicht ganz. In meinen Augen war hier jeder verdächtig. Zum Beispiel die alte Dame mit dem riesigen Hut, die mich so komisch musterte. Oder der Dicke mit den Shorts und dem knallbunten Hemd mit den Palmen drauf, der immer wieder zu mir rüberguckte. Woher sollte ich wissen, ob die beiden nicht auch zur Mafia gehörten? Das ist ja auch viel cleverer, und wenn ich bei der Mafia wäre, würde ich es genauso machen. Einfach Leute als Killer anheuern, denen man das nicht sofort ansieht und die auf den ersten Blick ganz harmlos scheinen.

Irgendwann gab ich es auf, weil ich mir sogar schon einbildete, dass das sechsjährige Mädchen mit den langen blonden Zöpfen nur darauf wartete, mir mit einer Schalldämpferpistole den Kopf wegzublasen.

Wir setzten uns auf eine der Wartebänke und taten das, was man da eben so macht: warten.

Ich blätterte in meinem Buch, aber irgendwie war ich zu müde, um mich darauf zu konzentrieren. Ich holte meinen Laptop heraus und scrollte ein bisschen durchs Netz, traute mich aber nicht, auf meinem Blog vorbeizuschauen. Das tat ich erst, als sie loszog, um uns für die nächste Etappe einzuchecken.

Die Fotos aus Hongkong hatten dafür gesorgt, dass auf meiner Seite richtig was los war. Ich machte ein Bild vom Flughafen und achtete darauf, dass ein Schild mit dem Namen Los Angeles mit drauf war. Dann stellte ich es online und schrieb dazu:

Wartet nicht auf mich, ich mache hier Karriere als Hollywoodstar.

Das war natürlich Blödsinn und deswegen setzte ich sicherheitshalber noch einen Ironie-Smiley dahinter. Früher hätte ich mir das sparen können. Da kannten mich meine Follower und die hätten mir das sowieso nicht zugetraut. Jetzt aber waren da plötzlich so viele Fremde auf meiner Seite unterwegs, dass ich es für besser hielt, in meinem Blog laut IRONIE zu brüllen, wenn ich etwas ironisch meinte.

»Was ist denn so furchtbar interessant, dass du ständig auf den Rechner glotzen musst?«

Ich hatte sie gar nicht kommen hören und klappte schnell das Display runter.

»Hast du etwa Geheimnisse vor mir?« Sie grinste mich an.

»Wie kommst du denn darauf?«, erwiderte ich. »Haben wir wieder ein Upgrade bekommen?«

Auf dem Flug über den Pazifik hatte ich mich an den Luxus gewöhnt, und ich hatte keine Lust, wieder auf den engen Sitzen hinten Platz nehmen zu müssen.

Sie reagierte nicht, sondern starrte einen kleinen Mann an, der einen Kofferwagen an uns vorbeischob.

»Jetzt sag schon, fliegen wir wieder erste Klasse?«, hakte ich nach, weil sie mir immer noch keine Antwort gegeben hatte.

»Nein«, erwiderte sie, ohne den Mann dabei aus den Augen zu lassen. »Aber das ist doch … klar ist er das.«

»Wer ist was?«, fragte ich genervt und auch ein bisschen enttäuscht, weil das mit dem Upgrade anscheinend nicht geklappt hatte.

»Johnny Depp!«, flüsterte sie.

»Der da vorne?« Ich schaute genauer hin und der Mann hatte tatsächlich eine gewisse Ähnlichkeit mit dem Schauspieler. Ich glaubte aber nicht, dass er es wirklich war. Außerdem war der bestimmt viel größer und nicht so ein Zwerg wie der Kerl mit dem Kofferwagen.

»Hast du etwa *Fluch der Karibik* nicht gesehen?«, fragte sie.

»Klar, hab ich. Aber warum sollte der ausgerechnet hier sein?«

»Weil wir hier in Los Angeles sind, schon vergessen? Komm, wir holen uns ein Autogramm«, schlug sie vor.

»Den kannst du doch nicht einfach so anquatschen!«

»Warum denn nicht? Ich kaufe Karten für seine Filme, da habe ich auch das Recht, den anzuquatschen. Schließlich lebt der ja irgendwie von meinem Taschengeld.«

Bevor ich sie darauf hinweisen konnte, dass sie mit ihren paar Euro nur das Recht auf einen Kinobesuch erworben hatte, aber ganz bestimmt nicht darauf, einfach so einen Hollywoodstar anzuquatschen, war sie schon auf ihn zugerannt.

Ich stopfte den Laptop in meine Tasche und lief ihr hinterher. Als ich sie erreichte, war sie bereits mitten in einem Gespräch mit … und oh Gott!

Er war es wirklich.

Johnny Depp!

Ich hatte alle seine Piraten-Filme gesehen. Auch schon als ich eigentlich noch viel zu jung dafür war. Und klar hatte ich mich vor den Geistern gegruselt, aber Johnny Depp als durchgeknallt genialer Piratenkapitän Jack Sparrow war einfach großartig gewesen. Johnny Depp war mein Held!

Ich bekam nicht richtig mit, worüber die beiden sprachen. Einerseits, weil mein Englisch nicht gut genug war, andererseits, weil ich ihn mit offenem Mund anstarrte. Völlig weggetreten.

Ich kam erst wieder zu mir, als sie mich in die Seite knuffte.

»Glotz nicht so blöd, wir wollen ein Foto machen«, zischte sie mir zu.

Johnny sagte nichts, sondern lächelte mir freundlich zu. Wahrscheinlich war er es gewohnt, von Fans dämlich angestarrt zu werden.

Ich kramte mein Handy aus der Tasche und wir stellten uns nebeneinander für ein Dreier-Selfie auf. Johnny – ich hatte beschlossen, ihn ab jetzt nur noch so zu nennen – legte seinen rechten Arm um meine Schulter und seinen linken um ihre. Er drückte sie ein bisschen zu fest an sich, fand ich. Sie schien das aber nicht zu stören und ich sagte auch nichts. Ich hoffte nur, dass ich nach den langen Flügen nicht zu sehr nach Schweiß und Schlaf stank. Aber entweder roch er es nicht oder er ließ sich nichts anmerken. Ich streckte meinen freien Arm mit dem

Handy aus und schoss ein Foto. Und dann gleich sicherheitshalber noch eins und noch eins und noch eins.

Irgendwann gab Johnny mir zu verstehen, dass das jetzt reichen würde. Er nahm seinen Arm von meiner Schulter. Von ihrer nicht.

»Und jetzt gib mir einen Stift, damit er uns ein Autogramm geben kann«, sagte sie.

»Ich habe keinen!«

Johnny hatte auch keinen, und deswegen rannte sie schnell los, um einen zu kaufen.

Johnny und ich standen eine Weile schweigend nebeneinander. Ich sagte nichts, weil ich Angst hatte, mich mit meinem Englisch zu blamieren. Er sagte auch nichts und lächelte sein Ich-steh-neben-einem-Fan-da-muss-ich-freundlich-sein-Lächeln.

Irgendwann klopfte er mir auf die Schulter und erklärte mir etwas. Was genau, verstand ich nicht, aber ich nehme an, dass er nicht mehr länger warten konnte, weil sein Flieger ging. Irgend so etwas.

Und dann war er weg.

Ich ging zurück zu unserer Bank und stellte das Bild von uns dreien sofort online. Wenn man einmal eine Menge Klicks auf seiner Seite hat, will man noch mehr davon. Das ist wie beim Chipsessen. Da kann man auch nicht aufhören, sondern will immer mehr und mehr haben.

Beste Buddies forever

Das schrieb ich dazu und tatsächlich: Kaum hatte ich das Bild von ihr, mir und Johnny hochgeladen, schossen meine Klickzahlen erneut in die Höhe. Es war ein unglaublich gutes Gefühl. Ich lehnte mich zurück und schaute zu, wie die Gefällt-mir-Angaben immer mehr und mehr wurden.

Von »Cooles Foto« über »Respekt, Alter!« bis »Schöne Grüße!« war alles dabei. Und diesmal nicht nur von Jungs, wie sonst, sondern auch von Mädchen, die meine Seite mit Smileys und aufgeregt hüpfenden Tier-Animationen überschwemmten.

Sie war sauer. Das sah ich, als sie auf mich zugelaufen kam. Und das konnte ich verstehen. So lange, wie das gedauert hatte, musste sie ewig gesucht haben, bis sie im Transitbereich einen Laden gefunden hatte, der Stifte verkaufte. Die meisten der Geschäfte hier boten eher Klamotten, Sonnenbrillen oder Kosmetik an. Und wenn ich so lange unterwegs gewesen wäre wie sie und Johnny Depp dann weg wäre, hätte ich mich auch geärgert.

»Ich habe noch versucht, ihn aufzuhalten, ehrlich!«, schwindelte ich. »Aber er musste dringend weg. Dreharbeiten und so, aber ich soll dir ganz liebe Grüße ausrichten.«

»Was?«

»Echt, ich habe ihn sogar noch gebeten, ein bisschen zu warten! Aber das ging leider nicht und das tat ihm richtig leid, das hat man gemerkt.«

»Wer?«

»Na, Johnny Depp natürlich!«

»Der ist doch jetzt völlig egal!«

Ich verstand nur noch Bahnhof, weil ihr das Autogramm doch vor nicht mal zehn Minuten noch so wichtig war, dass sie extra los ist, um einen Stift zu holen.

»Johnny Depp ist nicht egal. Johnny Depp ist Jack Sparrow!«, erwiderte ich.

»Wusstest du, dass Sparrow auf Deutsch Spatz heißt?«, fragte sie. »Aber das passt, so klein, wie der ist.«

»Was ist denn plötzlich los mit dir?«, fragte ich verwundert.

»Was mit mir los ist? Mit mir ist gar nichts los. Aber mit der Kreditkarte. Die funktioniert nämlich nicht mehr. Mein Vater muss die gesperrt haben.«

Es dauerte eine Weile, bis ich begriff, was das bedeutete.

»Wir sind pleite?«

»Nicht ganz, wir haben immer noch die restlichen Euros aus deinem Umschlag.«

»Also, wir sind fünftausend Kilometer von zu Hause …«

»Neuntausend«, verbesserte sie mich.

»Das ist doch egal, wir sind ewig weit von zu Hause weg und haben nur zehn Euro in der Tasche?«

»Die Tickets sind alle bezahlt.«

»Und wenn was schiefgeht?«

»Was soll denn schiefgehen?«

Das wusste ich auch nicht, mir war trotzdem nicht wohl bei dem Gedanken, so ganz ohne Geld um die Welt zu reisen. Außerdem spürte ich, dass ich Hunger bekam. Seit Hongkong hatte ich nur ein halbes zerkrümeltes Schoko-Croissant gegessen.

»Kannst du deinen Vater nicht anrufen, damit er die Karte wieder freigibt?«

Sie antwortete nicht, aber ich hatte ja schon vorher das Gefühl gehabt, dass sie nicht gerne über ihre Eltern redete.

Wir hockten uns schweigend auf eine Bank, warteten auf den Start unseres Fliegers und lauschten auf das Knurren meines Magens.

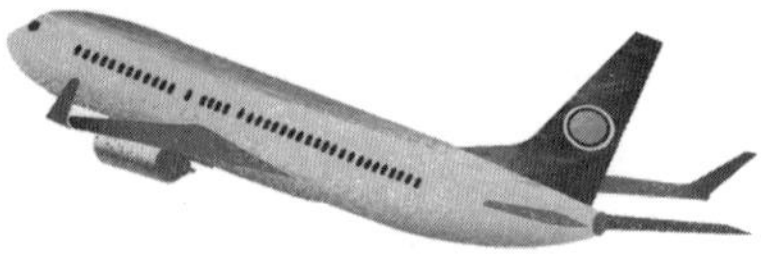

15. KAPITEL

Im Flieger dauerte es ewig, bis wir endlich etwas zu essen bekamen. Wir saßen genau in der Mitte, und die Stewardessen und Stewards hatten vorne und hinten angefangen, die Plastiktabletts auszuteilen. Deswegen waren wir die Letzten, die etwas bekamen, und es war auch nicht mehr alles da.

Huhn war aus und das Einzige, was sie uns anboten, war ein Gericht mit gekochtem Gemüse, das in einer wässrigen Sahnesoße schwamm.

Ihr schmeckte es, aber ich begnügte mich mit dem trockenen Brötchen, das eingeschweißt auf dem Tablett lag.

»Wie kannst du das bloß essen?«, fragte ich sie. »Das ist schlimmer als der Fraß, den wir in der Schule kriegen!«

Sie zuckte nur mit den Schultern und aß schweigend weiter. Seit der Sache mit der gesperrten Kreditkarte hatten wir kein Wort mehr gesprochen und das war ein bisschen unheimlich. Mir zumindest.

Ich holte das Buch heraus, um weiterzulesen. Den Pazifik hat dieser Phileas Fogg mit dem Schiff überquert. Klar, gab ja damals noch keine Flugzeuge. In Los Angeles ist er dann in einen

Abflug LA
2. Juli, 9 Uhr Ortszeit

Zug umgestiegen, und ich schaute automatisch aus dem Fenster und stellte mir vor, wie er da unten auf endlosen Gleisen durch die Landschaft zuckelte. Einmal wurde sein Zug stundenlang von einer Bisonherde aufgehalten und ein anderes Mal von Indianern angegriffen. Die sind neben den Waggons her geritten und haben mit Pfeilen geschossen. Genau wie man das aus den Westernfilmen kennt und das war schon seltsam. Als das Buch geschrieben wurde, gab es noch gar keine Filme. Da habe ich mich gefragt, woher der Autor wusste, wie so ein Indianerangriff ablief, wenn der das nicht im Kino oder im Fernsehen gesehen hatte. Soweit ich weiß, hat sich Jules Verne die Reise rund um die Welt ja nur ausgedacht. Der war ja Franzose und hat das alles nicht selbst erlebt, nicht so wie ich.

Die Fahrgäste in dem Zug haben mit Gewehren und Pistolen zurückgeschossen und am Ende sind die Indianer geflohen. Sie haben aber Foggs Diener und ein paar Reisende als Gefangene genommen. Deswegen musste er seine Fahrt unterbrechen, um gemeinsam mit einer Kompanie Soldaten Passepartout wieder zu befreien. Die Geschichte war jetzt so richtig spannend, weil Fogg die ganze Zeit über ja auch noch dieser Detektiv auf den Fersen war. Ich verschlang das Buch regelrecht, und das war gut, weil es mich von meinem Hunger ablenkte.

Verglichen mit den Abenteuern, die Fogg erlebte, verlief unsere Reise extrem ereignislos. Okay, wir hatten Hongkong besucht, auf dem Flughafen Johnny Depp getroffen und außerdem war die Mafia hinter mir her. Ansonsten aber passierte nicht viel und ich sagte ja schon: Wenn man keine Flugangst mehr hat, ist das Fliegen noch langweiliger, als die ganze Saison über auf der Ersatzbank zu hocken. Ich war jedenfalls froh, dass ich wenigstens das Buch dabeihatte. Aber man kann ja nicht immer lesen, deswegen versuchte ich immer wieder mal, ein Gespräch mit ihr anzufangen.

»Der Pilot ist gut, oder? Der fliegt ganz ruhig.«

»Was meinst du, wie wird das Wetter in New York sein?«

»Glaubst du, die Mafia hätte mir in Hongkong eine Kugel durch den Kopf gejagt oder mich eher mit einem Betonklotz an den Füßen im Meer versenkt?«

Außer »Geht so«, »Keine Ahnung« und »Beides nicht schön« erhielt ich keine Antwort und da gab ich es auf.

Ich schaute aus dem Fenster, aber da draußen gab es auch nicht viel Neues zu sehen. Leider wurde unser Flugzeug nicht von Indianern angegriffen. Wäre ja auch schwierig gewesen, so mit Pferden hier oben über den Wolken. Dort draußen ließen sich nicht mal Piraten in kleinen, wendigen Flugzeugen blicken. Um mich abzulenken, stellte ich mir vor, wie sie versuchten, unseren Flieger zu entern, und ihr Kapitän war natürlich niemand anders als Jack Sparrow, der Herr der Lüfte und aller sieben Weltmeere.

Von allen unseren Flügen war der Flug von Los Angeles nach New York der kürzeste. Er dauerte nicht einmal sechs Stunden, trotzdem kam er mir viel länger vor als die beiden davor. Ich hatte wieder nicht schlafen können und war heilfroh, als wir landeten. Endlich konnte ich meine Beine ausstrecken und bekam etwas anderes zu sehen als die Rückenlehne vor und die Wolkendecke unter mir, wenn ich aus dem Fenster schaute.

Ankunft New York
2. Juli, 19 Uhr Ortszeit

Was ich jetzt sah, war ein Flughafen, der sich kein bisschen von den anderen unterschied, weil die sich tatsächlich alle total ähneln.

Ich beneidete Phileas Fogg, der bei seiner Weltumrundung wenigstens etwas von den Ländern gesehen hatte, durch die er gereist war. Außerdem hatte er eine prall gefüllte Reisekasse dabeigehabt und keinen Hunger leiden müssen.

Nicht so wie ich.

»Wie lange dauert es denn, bis der nächste Flieger geht?« Ich setzte alle meine Hoffnung darauf, dass das Essen dort besser sein würde.

»Morgen früh«, antwortete sie.

»Morgen früh?«, wiederholte ich, obwohl ich sie klar und deutlich verstanden hatte.

»Für einen früheren Flug hätten die Meilen nicht gereicht«, erklärte sie. »Aber sieh es positiv. Wir haben schon mehr als die Hälfte geschafft und liegen super in der Zeit.«

»Und wo schlafen wir?«

»Wir machen es uns auf einer der Bänke bequem. Das habe ich schon öfters gemacht, wenn ich mit meinen Eltern unterwegs war und der Flieger Verspätung hatte.«

»Und was ist mit Essen?«

»Wir haben noch zehn Euro, das reicht hier am Flughafen für eine Packung Kaugummi, schätze ich. Magst du lieber Pfefferminze oder Fruchtgeschmack?«

»Frucht«, murmelte ich wenig begeistert. Immerhin sprach sie wieder mit mir und das war auf jeden Fall ein Fortschritt. Wenn man mit jedem zusammen um die Welt reist, ist es ziemlich blöd, wenn dieser Jemand plötzlich den Mund nicht mehr aufkriegt.

»Warum rufst du nicht einfach deinen Vater an?«, schlug ich vor. »Damit er die Kreditkarte wieder freigibt.«

»Warum rufst du deine Eltern nicht an?«, fragte sie zurück.

»Die wissen doch gar nicht, wo ich grad stecke. Die denken doch, ich bin zu Hause. Die kriegen einen Riesenschreck, wenn ich denen sage, dass ich völlig abgebrannt hier in New York gelandet bin. Außerdem haben die genug andere Sorgen.«

»Und das ist genau der Grund, warum ich meinen Vater ganz sicher auch nicht anrufen werde.«

Danach hockten wir nebeneinander auf der Wartebank und schwiegen wieder. Ich holte mein Handy raus und hielt es so, dass sie das Display nicht sehen konnte. Schnell tippte ich:

Hungrig und total abgebrannt am Flughafen von New York. Irgendwer in der Nähe, der sein Pausenbrot mit mir teilt? ☺

Die Besucherzahlen meines Blogs waren während unseres Fluges quer über den amerikanischen Kontinent noch einmal explodiert. Das lag natürlich nicht an mir und ausnahmsweise auch nicht an ihr, sondern allein an Johnny Depp. Den mag ja irgendwie jeder, das merkte man an den Klicks und den Kommentaren, die fast alle positiv waren.

Außerdem war noch ein Anruf meiner Eltern eingegangen, aber ich wollte nicht zurückrufen. Ich hatte den Überblick verloren, wie viel Uhr es jetzt gerade wo war, und hatte Angst, sie mitten in der Nacht zu wecken. Obwohl die ja wahrscheinlich gar nicht schliefen, sondern ganz sicher die ganze Zeit im Krankenhaus am Bett meines Opas saßen. Kann sein, dass das sogar der Hauptgrund war, warum ich nicht anrufen wollte. Solange ich nicht wusste, wie es ihm ging, konnte ich mir wenigstens einbilden, dass er auf dem Weg der Besserung war.

»Jetzt leg doch mal das blöde Handy weg und lass uns überlegen, was wir tun sollen.«

Ertappt schaltete ich mein Smartphone aus und starrte sie überrascht an.

»Gibt es irgendwas, was du richtig gut kannst?«

»Warum?«, fragte ich zurück.

»Vielleicht können wir hier etwas Geld verdienen, damit du was zu essen kriegst«, erklärte sie.

»Klavierspielen, aber leider, leider habe ich mein Klavier zu Hause vergessen«, entgegnete ich, weil ich das für eine bescheuerte Idee hielt. »Was kannst du denn so?«

»Fußball«, erklärte sie ernst. »Ich bin ganz gut im Fußball. Besser als du jedenfalls.«

»Das wollen wir doch erst mal sehen«, erwiderte ich und schnappte mir eine leere Wasserflasche, die auf dem Boden neben der Wartebank lag.

Ich stand auf und versuchte, die Plastikflasche möglichst lange in der Luft zu halten, indem ich ihr abwechselnd mit dem rechten und linken Fuß einen leichten Kick gab. Das klappte besser, als ich erwartet hatte, und das ist ja oft so, dass erstaunlicherweise die Reaktionen dann viel besser funktionieren, wenn man eigentlich total übermüdet ist. Am Ende passte ich die Flasche zu ihr rüber und sie nahm sie mühelos auf und setzte das Spielchen fort.

Wir waren so gut, dass sogar ein paar Leute stehen blieben und uns zuschauten. Und das motivierte uns natürlich noch viel mehr, und ich versuchte noch ein paar Tricks, die zu Hause bestimmt niemals geklappt hätten. Aber hier funktionierte fast alles auf Anhieb. Und wenn die Flasche mal auf den Boden fiel, war es auch nicht schlimm. Dann nahm ich sie einfach wieder auf und probierte es noch einmal. Und es war auch nicht schlimm, dass sie auch dabei besser war als ich. Irgendwann ließ ich sie einfach allein weitermachen und schnappte mir einen leeren Kaffeebecher, um damit bei den Zuschauern ein bisschen Geld für ihre Vorstellung einzusammeln. Daheim hätte ich mich das nie getraut, aber hier war mir das egal. Hier kannte mich ja keiner.

Ich hörte erst damit auf, als zwei Männer von der Flughafensicherheit die Versammlung auflösten. Einer von ihnen sagte irgendwas auf Englisch zu uns, was ich wieder nicht verstand. Aber weil er und sein Kollege dabei ziemlich ernst und streng aussahen, setzte ich mich wieder artig auf die Bank. Sie wollte mit den beiden diskutieren, aber ich packte sie am Arm und zog sie auf den Sitz neben mich. Ich hielt es für keine gute Idee, mit den Sicherheitsleuten zu streiten. Die hätten bestimmt wissen wollen, wo unsere Eltern sind, und ich glaube nicht, dass ihnen die Antwort »Zu Hause in Deutschland« gefallen hätte.

Die Security-Typen wollten sogar unsere Ausweise sehen, und da hat sie wieder die Geschichte mit unseren geschiedenen Eltern erzählt, die ein zweites Mal heiraten, und dass wir auf dem Weg zu ihrer Hochzeit in Europa sind. Ich glaube nicht, dass die beiden ihr das geglaubt haben. Aber wir hatten ein Ticket für die Weiterreise und gültige Ausweise. Am Ende gaben sie uns unsere Pässe zurück und sind weiter, um einen Araber zu kontrollieren, der ihnen nicht so harmlos vorkam wie wir. Das ist ja das Gute, dass man als Kind eher unverdächtig ist. Nicht so gut ist, dass man als Araber sofort für einen Terroristen gehalten wird. Aber daran konnten wir auch nichts ändern. Wir hatten unsere eigenen Probleme.

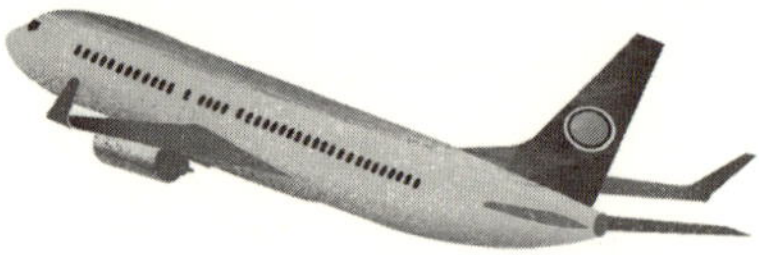

16. KAPITEL

»Und? Wie viel ist es?«, fragte ich neugierig, während sie das Geld aus dem Kaffeebecher zählte.

»Jetzt kann ich wieder von vorne anfangen, nur weil du mich durcheinandergebracht hast«, schimpfte sie.

Ich schaute ihr dabei zu, wie sie die paar Scheine und Münzen sortierte, und bemerkte, wie sich beim Zählen eine Falte auf ihrer Stirn bildete.

»Fast dreißig Dollar«, verkündete sie, als sie fertig war.

»Nicht schlecht«, sagte ich.

»Du warst aber auch nicht schlecht«, erwiderte sie großzügig.

»Die Idee mit dem Kaffeebecher?«

»Auch, aber ich meinte, wie du gekickt hast. Warum bist du eigentlich Torwart geworden?«

»Wegen Higuito, ich fand den cool.«

»Und nur weil du den gut findest, sitzt du lieber auf der Bank?«, hakte sie nach.

»Auf der Bank kann man nicht so viele Fehler machen«, erwiderte ich und das stimmte. Die letzten fünf Minuten unseres letzten Spieles hatten das eindeutig bewiesen.

»Das ist der größte Quatsch, den ich jemals gehört habe«, entgegnete sie.

»Können wir jetzt was zu essen besorgen?«, versuchte ich, das Thema zu wechseln.

»Ist das nicht zu gefährlich?«

»Wieso?«

»Du könntest was Falsches bestellen«, erklärte sie grinsend. »Besser, du bestellst gar nichts, dann kannst du nichts falsch machen.«

»Sehr komisch«, erwiderte ich und ging mit ihr zu einem der Fastfoodläden, die es hier überall gab.

Da war eine Schlange, in der wir uns anstellen mussten. Sie holte das Geld hervor, das sie zwischen die Seiten ihres Passes gelegt hatte.

»Oh, ist ja gar nicht meiner. Die beiden Cops müssen unsere Ausweise verwechselt haben, aber coole Frisur.« Sie zeigte auf das Foto von mir. Als es aufgenommen wurde, war ich neun, sah aber eher aus wie sechs, und meine Frisur war auch keine Frisur, sondern glich einer Fellmütze, die man an den Starkstrom angeschlossen hatte.

»Mach dir nichts draus, ich sehe auf meinem auch nicht viel besser aus«, versuchte sie, mich zu trösten.

Ich holte ihren Pass aus meiner Tasche und warf einen Blick auf das Foto. Sie hatte gelogen. Natürlich sah sie auf dem Bild perfekt aus, so wie immer. Ich wollte ihr den Ausweis gerade zurückgeben, als mir ihr Geburtsdatum auffiel. Sie war im selben Jahr geboren wie ich. Und zwar im Juli am …

»Sag mal, ist heute nicht der zweite?«

»Kann sein«, antwortete sie ausweichend.

»Klar ist heute der Zweite!«, rief ich aufgeregt. »Und gestern war auch schon der Zweite, wegen der Datumsgrenze. Du hast Geburtstag! Sogar an zwei Tagen hintereinander.«

»Schrei noch lauter«, flüsterte sie. »Sonst singen hier gleich alle noch Happy Birthday für mich.«

»Magst du etwa keine Geburtstage?«

»Geht so.«

»Ich liebe Geburtstage.« Und das stimmte, weil mein Opa uns dann besuchte und sich meine Eltern immer freinahmen, was sonst nur ganz selten vorkam.

Wir waren in der Schlange schon ganz nach vorne gerutscht und eigentlich wollte ich irgendetwas Herzhaftes gegen meinen Hunger bestellen, aber dann entschied ich mich ganz spontan um. Noch bevor sie etwas sagen konnte, zeigte ich auf vier Stücke Schokoladensahnekuchen und sagte: »Four pieces of this, please! And one bottle from the Limonade.«

Ich bin mir nicht sicher, ob das grammatikalisch korrekt war, aber die Verkäuferin verstand mich und packte die vier Stück Kuchen auf ein Tablett.

»Was soll das?«, fragte sie.

»Wenn man Geburtstag hat, muss es auch einen Kuchen geben, und die Limonade ist so eine Art Champagner-Ersatz«, erklärte ich ihr. »Ich glaube nämlich nicht, dass die uns hier Sekt verkaufen würden.«

An meinen Geburtstagen durfte ich immer etwas Sekt trinken. Nicht viel, nur ein winziges Glas voll, und auch wenn ich es nicht mochte, machte es den Tag doch irgendwie besonders.

Meine Bestellung kostete genau dreiunddreißig Dollar, und wir mussten unsere letzten Euros auch noch obendrauf legen, um alles bezahlen zu können.

Die Bedienung gab uns einen Dollar und ein paar Cent zurück, und ich bin ziemlich sicher, dass sie uns beschissen hat. Aber das war mir egal. Ob wir nun einen, zwei oder vier Dollar in der Tasche hatten, machte auf einer Weltreise keinen großen Unterschied. Wir waren genauso pleite wie vor einer Stunde, besaßen aber jetzt immerhin vier Stück Kuchen und eine Flasche Limo.

Wir machten es uns auf einer der Wartebänke bequem und verschlangen den Kuchen mit den bloßen Händen, weil wir keine Gabeln hatten. Es war eine riesige Sauerei und wir mussten die ganze Zeit lachen.

»Stopp!«, rief sie plötzlich.

»Wie stopp, jetzt?«, fragte ich.

»Wir machen Stopp-Essen, du darfst dich nicht bewegen.«

Ich hatte den Kuchen dicht vor meinem Mund, hielt aber inne, bis jetzt sie mir ein Zeichen gab, weitermachen zu dürfen.

Mein »Stopp!« kam in dem Augenblick, als sie gerade einen Schluck Limonade nahm. Das war nicht besonders nett, aber sehr lustig, weil sie ja nicht aufhören durfte und ihr die Flüssigkeit beinahe aus der Nase geflossen wäre.

Wir mussten beide furchtbar lachen und dabei prustete sie die Limo über den Boden. Aber das führte nur dazu, dass wir noch mehr lachen mussten. Es war wie früher auf den Kindergeburtstagen, nur dass wir keine Kinder mehr waren. Nicht nachdem wir allein um die halbe Welt gereist waren. Erwachsene waren wir aber auch noch keine. Wir waren irgendwas dazwischen und genossen es, noch einmal so richtig rumalbern zu können. Es war überhaupt das erste Mal, dass wir so ausgelassen zusammen lachten. Dabei waren wir nahezu pleite, waren Tausende Kilometer von zu Hause entfernt und uns erwartete eine unbequeme Nacht auf den harten Plastikschalen, die gut zum Sitzen, aber bestimmt nicht zum Schlafen geeignet waren. Vielleicht waren wir gerade deshalb so albern, wer weiß das schon, und wir waren es auch nicht lange, weil ich es dann mit einer einzigen Frage total versaut habe.

»Und? Rufen deine Eltern nicht an?«, fragte ich.

Da war sie plötzlich wieder ganz ernst, warf den restlichen Kuchen in den Papierkorb – ohne mich zu fragen, ob ich da vielleicht noch was von haben wollte – und sagte: »Wir sollten uns hinlegen, sonst verschlafen wir morgen noch und verpassen den Flieger zurück nach Europa.« Da fiel mir erst ein, dass wir quasi schon auf dem Rückweg waren.

Die Sitze waren zum Liegen genauso unbequem, wie ich befürchtet hatte. Dabei fielen mir vor Müdigkeit fast die Augen zu. Ich stopfte mir meine Sporttasche unter den Kopf und versuchte zu schlafen. Es wurde hinter meinen Lidern aber nicht so richtig dunkel, weil im Terminal die ganze Nacht das Licht brannte. Ich schaute zu ihr rüber. Seit wir uns kurz auf den Toiletten gewaschen und Sachen gewechselt hatten, lag sie auf einer der Bänke mir gegenüber und schlief. Vielleicht tat sie auch nur so, um nicht mit mir reden und meine Frage beantworten zu müssen. Man musste kein Psychologe sein, um zu ahnen, dass da irgendwas nicht stimmte. Ich wusste nur nicht, was es war.

Ich schaute mich um. Im Flughafen war jetzt nicht mehr viel los. Die letzten Maschinen waren schon gestartet und außer uns warteten nur noch wenige gestrandete Passagiere auf die ersten Flüge des nächsten Tages. Die Verkäuferinnen ließen die Eisengitter vor ihren Läden runter, um Feierabend machen zu können, und die beiden Sicherheitsleute, die uns kontrolliert hatten, schlenderten gelangweilt durch die Gänge des Terminals.

Weil ich sowieso nicht schlafen konnte, setzte ich mich wieder auf und holte den Rechner raus. Auf meinem Blog waren unzählige Nachrichten aufgelaufen von Leuten, die uns helfen wollten. Die meisten wollten Geld schicken, andere boten uns ein Bett in ihrer Wohnung an. Und das war großartig, obwohl es uns überhaupt nichts brachte. Was sollten wir hier in New York mit einem Gästebett in Berlin oder fünf Euro anfangen, die uns jemand mit der Post schicken wollte?

Nett war es trotzdem, und um die Leute nicht zu enttäuschen, bedankte ich mich brav bei jedem.

Dann postete ich ein Foto von ihr, wie sie da auf der Wartebank lag. Sie sah unglaublich zart und verletzlich aus, und ich fühlte mich wie ein Ritter, der den Schlaf der Prinzessin bewachte, damit kein Drache sie holen konnte.

Die Prinzessin schläft, aber keine Sorge. Ich bin da, um sie zu beschützen,

tippte ich in den Rechner.

Das war natürlich furchtbar kitschig, traf aber scheinbar einen Nerv bei vielen meiner Follower. Das war nicht wirklich überraschend, weil sich die meisten von denen ja auch für geheime Helden hielten, auch wenn sie in der Pause auf dem Schulhof von den coolen Jungs immer eins auf die Mütze bekamen. Für die war ich plötzlich so was wie ein Held, der all ihre unerfüllten Träume lebte.

Es gab aber auch eine Menge Reaktionen von Mädchen, die das Ganze furchtbar romantisch fanden und auf meiner Seite jede Menge Herzchen und Bärchen posteten.

Eine Stunde hielt ich es aus, dann tat mir mein Hintern vom Sitzen weh. Ich probierte es noch einmal mit Liegen, aber das war auch nicht besser, und deswegen setzte ich mich wieder. Ich fühlte mich immer noch wie ein Ritter, aber nicht wie einer von der strahlenden Sorte. Sondern eher wie einer, der sich nach einer Schlacht in seiner verbeulten Rüstung nach Hause schleppt.

Auf ihrer Kontrollrunde kamen die beiden Sicherheitsleute immer wieder an mir vorbei und winkten mir zu. Ich winkte zurück. Damit hatten wir vor zwei Stunden angefangen. Die wussten ja, wer wir waren und dass unser Flieger ganz früh am Morgen abheben würde, um uns zur Hochzeit unserer Eltern zu bringen.

Am nächsten Morgen wachte ich auf, weil irgendwas gegen meinen Fuß stieß. Als ich meine Augen aufschlug, sah ich einen weißen Kasten vor mir. Obendrauf saß ein schweigender Latino, der mich vorwurfsvoll anstarrte, weil ich ihm im Weg

TAG VIER
New York
3. Juli, 6 Uhr Ortszeit

war. Es dauerte eine Weile, bis ich erkannte, dass ich auf der Erde lag und der Kasten eine Reinigungsmaschine war, mit der der Mann den Fußboden säuberte.

Ich stand langsam auf und blickte zu der Bank, auf die sie sich zum Schlafen gelegt hatte.

Die Bank war leer.

Ich hatte versprochen, auf sie aufzupassen, und jetzt war sie weg. Genau wie mein Laptop und meine Sporttasche.

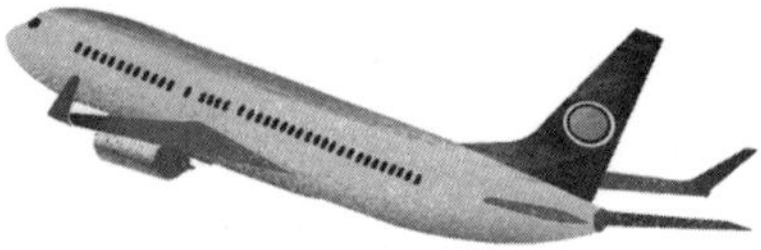

17. KAPITEL

»Haben Sie das Mädchen gesehen, das hier geschlafen hat?«, brüllte ich den Latino auf der Kehrmaschine an.

Es kann sein, dass ich dabei ein ganz klein bisschen panisch geklungen habe. Aber der Mann zuckte nur mit den Schultern. Entweder konnte er kein Deutsch, oder er hörte mich nicht, weil sein Riesenstaubsauger so laut war. Wahrscheinlich traf beides zu.

Er fuhr einfach weiter, ohne sich um mich zu kümmern, und ich musste schnell meine Füße zurückziehen, sonst hätte er sie glatt überfahren.

Ich schaute mich suchend um. Die ersten Passagiere für die frühen Maschinen waren schon da und auch die Läden hatten bereits wieder geöffnet. Ein Blick auf mein Handy zeigte mir, dass es kurz nach sechs war. Unser Flieger über den Atlantik ging in einer Stunde.

Ich rannte die Gänge des Terminals rauf und runter, um sie zu suchen, fand sie jedoch nicht und auch nicht die beiden Sicherheitsleute, mit denen ich mich heute Nacht auf die Ferne angefreundet hatte. Sie hätte ich um Hilfe bitten können, aber die hatten wahrscheinlich längst Feierabend und bei ihren neuen Kollegen traute ich mich nicht. Die würden ganz sicher viele Fragen an mich haben. Fragen, auf die ich keine Antworten hatte. Zumindest keine, die ihnen gefallen würden.

Ich lief in jedes Geschäft, schaute hinter jede Absperrung und spürte, wie die Angst in mir immer größer wurde, dass sie wirklich weg wäre. Das hatte ich schon mal erlebt, damals in Hongkong. Aber diese Angst hier in New York war anders. In Hongkong hatte ich mich davor gefürchtet, dass ich ganz allein und ohne Ticket irgendwo in Asien gestrandet sein könnte. Jetzt hatte ich einfach nur Angst um sie und dachte die ganze Zeit nicht ein einziges Mal an unseren Flug oder meinen Laptop und meine Tasche, die ja ebenfalls verschwunden waren.

Ich zeigte wildfremden Leuten ihr Foto in dem schicken Kleid, das ich auf dem Handy hatte. Vergeblich. Niemand hatte sie gesehen. Dabei konnte sie ja gar nicht weg sein, weil sie ohne Visum den Flughafen nicht verlassen durfte. Sie musste irgendwo hier im Transitbereich sein.

Oder aber die Mafia hatte sie entführt, um sie gegen das Päckchen in dem bunten Geschenkpapier mit blauen Elefanten drauf auszutauschen. Das war die einzige logische Erklärung für ihr Verschwinden. Für die Mafia war es bestimmt eine Kleinigkeit, jemanden aus dem Flughafen zu schaffen, ohne dass die Zollbeamten oder Polizisten etwas davon merkten. Ich schaute mich um. Ich suchte nach jemandem, der so wirkte, als wollte er mit mir Kontakt aufnehmen, um die Übergabe zu organisieren. Die Mafia wusste ja nicht, dass das Päckchen längst auf der Hongkonger Müllkippe gelandet war, eingewickelt in eine volle Windel mit Babykacke. Und das bedeutete, dass ich sie wahrscheinlich nie wiedersehen würde. Ich verfluchte mich selbst, weil ich so blöd gewesen war, mir in der Lounge das Päckchen andrehen zu lassen. Ich war schuld, dass sie sterben würde. Davon war ich in dem Augenblick felsenfest überzeugt.

»Sag mal, flennst du?« Sie stand vor mir und sah mich fragend an.

»Wo warst du?«, fragte ich überrascht und zog die Nase hoch, wie man das so macht, wenn man gerade geheult hat. »Und natürlich habe ich nicht geflennt. Was denkst du denn?!«

»Ich denke, du hast geflennt. Sehe ich doch. Irgendwas mit deinem Großvater?«

»Nein, aber wo warst du?«

»In den Waschräumen, um mich ein bisschen frisch zu machen. Die Tasche habe ich sicherheitshalber mitgenommen, damit die keiner klaut, während du auf dem Fußboden liegst und schnarchst.« Sie hielt meine Sporttasche hoch und grinste.

»Ich schnarche nicht«, erwiderte ich trotzig. Ich merkte, wie ich wütend wurde. Obwohl ich doch eigentlich hätte erleichtert sein müssen, dass sie heil und unversehrt vor mir stand. Doch ich war wütend, weil ich mir völlig umsonst Vorwürfe und Sorgen gemacht hatte.

»Klar schnarchst du. Lauter als ein startender Düsenjet«, erwiderte sie. »Was ist denn überhaupt los mit dir?«

»Ich habe mir verdammte Sorgen um dich gemacht! Ich dachte, die Mafia hat dich entführt«, brüllte ich ihr ins Gesicht.

»Warum sollte sie das tun?« Sie grinste immer noch.

»Um dich gegen das Päckchen mit den Drogen auszutauschen. Aber das ist ja weg, und deswegen war ich sicher, dass sie dich umbringen würden.«

Sie hörte auf zu grinsen und fing an zu lachen.

»Das macht doch überhaupt keinen Sinn! Wieso sollten die mich entführen? Die hätten sich doch genauso gut gleich dich schnappen und sich den Quatsch mit dem Austauschen sparen können. Das sind ja keine solchen Idioten wie du.«

Das mit dem Idioten musste ich schlucken. Sie hatte recht. Warum sollte die Mafia sie kidnappen, wenn sie auch mich hätte haben können. Daran hatte ich nicht gedacht. Wahrscheinlich weil ich so aufgeregt gewesen war und mir so große Sorgen um sie gemacht hatte. Aber das konnte ich ihr ja schlecht sagen, sonst hätte sie bestimmt gedacht, dass ich … ach, keine Ahnung, was sie gedacht hätte.

Sie drückte mir meine Tasche in die Hand, drehte sich um und ging.

»Wo willst du hin?«, rief ich ihr nach.

»Unser Flieger steht schon bereit«, rief sie zurück, ohne sich umzudrehen. »Und an Bord gibt es gleich Frühstück. Das möchte ich auf keinen Fall verpassen, ich habe nämlich einen Bärenhunger.«

Den hatte ich auch und deswegen lief ich ihr schnell hinterher. Am Schalter hatte sich schon eine kleine Schlange gebildet. Wir suchten uns wieder eine Familie aus, hinter der wir uns einreihen konnten, sodass die Stewardess glauben musste, wir gehörten dazu. Das hatte in Deutschland schon gut funktioniert und klappte auch diesmal reibungslos.

»Upgrade?«, fragte ich, als wir durch den Gang auf die geöffnete Tür des Flugzeugs zuliefen.

»Nein«, sagte sie.

»Hatte ich mir schon gedacht«, erwiderte ich.

»Dafür fliegen wir auch nur sechs Stunden bis nach Paris. Vielflieger wie wir sitzen das auf einer Backe ab.«

»Ich war noch nie in Paris.«

»Noch nie?!«

»Dafür war ich schon in Hongkong, Los Angeles, New York und Otterndorf.«

»Otterndorf?«, fragte sie.

»Das ist das Kaff an der Nordsee, wo meine Eltern immer Urlaub machen.«

»Da bist du ja schon ganz schön in der Welt rumgekommen.«

»Kann man so sagen.«

Wir hatten unsere Plätze erreicht. Es war eine Dreierreihe, und auf dem Platz am Fenster saß eine ältere Dame, die uns neugierig musterte. Ich ließ Alexandra den Vortritt, weil ich keine Lust hatte, neben der fremden Frau zu sitzen und den ganzen Flug über mit ihr reden zu müssen. Die alte Dame sah nämlich so aus, als würde sie sich gerne und lange unterhalten.

Wir hatten uns kaum gesetzt, da fing sie auch schon an zu erzählen, dass sie aus München stammte und gerade ihre Tochter in New York besucht hatte, die dort mit einem unwahrscheinlich erfolgreichen Banker verheiratet war, selber Karriere als Fernsehmoderatorin machte und außerdem zwei bezaubernde Töchter hatte. Die Oma holte auch gleich ein Foto aus ihrer

Abflug New York
3. Juli, 7 Uhr Ortszeit

Tasche, auf der zwei ziemlich hässliche Kinder zu sehen waren, die für meinen Geschmack ein bisschen zu glücklich in die Kamera lächelten.

Und dann kam die Frage, auf die ich schon die ganze Zeit gewartet hatte.

»Und ihr zwei? Seid ganz allein unterwegs? Wo sind denn eure Eltern?«, wollte die alte Dame wissen.

Ich dachte, Alexandra bringt jetzt wieder die Geschichte mit der Hochzeit, aber sie hatte wohl auch keine Lust auf eine Unterhaltung und antwortete knallhart: »Tot! Alle beide. Sind letzte Woche bei einem Autounfall ums Leben gekommen. Wir fliegen zu ihrer Beerdigung. Danach kommen wir beide ins Heim, aber leider nicht in dasselbe.«

Ich musste husten, weil ich mich vor Schreck verschluckt hatte. Ich dachte, das kann sie nicht machen. Nicht, dass ich abergläubisch wäre, aber ich fand, über so was machte man einfach keine Witze. Die alte Dame fand das anscheinend auch, denn die glaubte ihr die Geschichte.

»Oh, das tut mir leid«, murmelte sie und holte sich eine Klatsch- und Tratschzeitung aus ihrer Tasche, weil sie offensichtlich nicht wusste, was sie sonst noch hätten sagen sollen.

Alexandra blickte zu mir rüber und grinste. Ich grinste nicht, sondern starrte sie nur vorwurfsvoll an. Sie zuckte nur mit den Schultern und warf einen Blick auf den Monitor vor uns, auf dem ein Film mit den Sicherheitshinweisen lief.

Ich schnappte mir mein Buch, weil ich wissen wollte, wie Foggs Reise weiterging. Nachdem er seinen Diener aus den Händen der Indianer gerettet hatte, war er genau wie wir in

New York gelandet und hatte seine Fahrt dort mit dem Schiff fortgesetzt. Für meinen Geschmack war er ein bisschen zu viel auf dem Wasser unterwegs. Ich wurde schon beim Lesen seekrank. An der Nordsee hatten meine Eltern mit mir mal einen Ausflug nach Helgoland gemacht. Das ist eine Insel, die man mit einer Fähre erreichen kann. Es sollte der Höhepunkt unseres Urlaubs werden, aber ich habe während der ganzen Überfahrt an der Reling gehangen und mich übergeben. Dabei waren da noch nicht mal hohe Wellen oder so. Das Meer war ganz flach, und ich erinnere mich noch gut an die vielen Möwen, die damals hungrig über meinem Kopf kreisten, weil sie auf vorgekautes Futter hofften. Mein Opa, der damals auch dabei war, hat sich rührend um mich gekümmert, aber helfen konnte er mir auch nicht. Ich weiß noch, wie sehr ich mir gewünscht habe, dass der verdammte Dampfer einfach mit Mann, Maus und mir untergeht und mein Leiden damit ein Ende hätte.

Ich war jedenfalls heilfroh, dass wir im 21. Jahrhundert lebten und unsere Weltreise nicht wie Fogg über weite Strecken auf einem Schiff, sondern bequem im Flieger absolvieren konnten.

»Tea or coffee?«

Die Stewardess riss mich aus meinen Gedanken. Wir waren schon lange in der Luft, aber das hatte ich gar nicht gemerkt, weil das Buch so spannend war.

Das Frühstück wurde serviert und wir langten beide kräftig zu. Alexandra fragte sogar, ob wir noch eine zweite Portion haben könnten, und da anscheinend noch genügend übrig war, bekamen wir die auch. Die Stewardess hatte offensichtlich Freude an unserem gesunden Appetit, die alte Dame aber blickte die ganze Zeit so komisch zu uns herüber. Ich glaube, sie fand es seltsam, dass wir uns den Bauch vollschlugen, obwohl unsere Eltern doch gerade gestorben waren.

»Wenn wir hungern, macht das unsere Mama und unseren Papa auch nicht wieder lebendig«, sagte Alexandra zu der alten Dame und da schaute die Oma nicht mehr zu uns rüber, sondern blickte angestrengt aus dem Fenster. Obwohl man da gar nichts sehen konnte, weil wir direkt über der Tragfläche saßen.

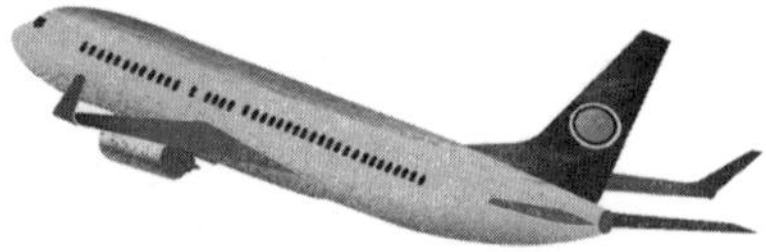

18. KAPITEL

Nach dem Frühstück schaute sie sich einen Film an. Einen furchtbar kitschigen Hollywood-Streifen über eine Familie, die so glücklich war, dass es kaum zum Aushalten war. Ständig waren alle ganz schrecklich nett zueinander und gestritten wurde höchstens mal darüber, ob man in den Ferien ans Meer oder in die Berge fuhr. Da fiel mir auf, dass sie sich während unserer anderen Flüge auch schon immer solche zuckersüßen Harmoniebomben aus dem Filmangebot ausgesucht hatte.

Alexandra stand scheinbar auf so einen Kitsch, und das fand ich seltsam, weil sie doch sonst immer so tough war.

Immerhin war es ihr gelungen, uns beide unversehrt einmal um die Welt zu lotsen. Ich wurde echt ein bisschen wehmütig, weil wir es nun fast schon geschafft hatten. Und es war viel leichter gewesen, als ich gedacht hatte. Wir waren einfach so einmal um die Welt geflogen und hatten unterwegs auch noch Johnny Depp getroffen! Das war schon ziemlich cool.

Der lächerliche Rest der Reise war ein Klacks für erfahrene Vielflieger wie uns beide. Ich hatte nicht mal mehr Angst vor der Mafia, weil ich ziemlich naiv annahm, dass sie nur in Asien und Amerika gefährlich war, nicht aber bei uns in Europa. Diese Mafia-Filme spielen ja nicht umsonst alle in Hongkong, Tokio, New York oder Chicago, aber nie in Rom, Stockholm, Berlin oder London.

Wir würden in Paris landen und dann in unseren letzten Flieger steigen, der uns nach Hause brachte. Und selbst wenn wir den verpassten, konnten wir die letzten paar hundert Kilometer auch mit der Straßenbahn fahren. Oder zu Fuß gehen.

Zeit genug hatten wir, auch wenn ich längst den Überblick verloren hatte, wie lange wir schon unterwegs waren. Und das lag nicht nur daran, dass wir über die Datumsgrenze geflogen waren. Drei Tage, vier Tage oder waren es sogar schon fünf?

Egal, ich war mir jedenfalls sicher, dass wir noch weit von den acht Tagen entfernt waren, um die wir gewettet hatten. Aber das mit den acht Tagen war ja von Anfang großzügig kalkuliert gewesen. Das hatte sie ja auch nur gesagt, weil dieser Phileas Fogg eben achtzig Tage gebraucht hatte und achtzig Stunden dann doch etwas sportlich kalkuliert gewesen wären. Dann hätte es auf keinen Fall für den Ausflug nach Hongkong gereicht, die einzige Stadt, von der ich auf unserer Tour mehr als den Flughafen gesehen hatte.

Ich war richtig sentimental gestimmt, wollte aber nicht, dass sie das merkte und daraus irgendwelche falschen Schlüsse zog, was meine Gefühle für sie betraf. Deswegen stand ich auf, um aufs Klo zu gehen. Ich musste sowieso dringend pinkeln. Außerdem wollte ich mir ein wenig die Beine vertreten. Nachdem ich die Nacht auf dem harten Fußboden verbracht hatte, taten mir immer noch alle Knochen weh. Besonders gut roch ich wahrscheinlich auch nicht, und da konnte ich den Ausflug aufs Klo auch gleich nutzen, um mich ein bisschen frisch zu machen.

Ich hatte auf dem schmalen Gang zwischen den Reihen gerade den halben Weg Richtung Toilette zurückgelegt, als mir die Stewardess entgegenkam und mich bat, wieder zurück zu meinem Sitz zu gehen und mich anzuschnallen.

»Why I should?«, fragte ich überrascht.

»Kein Grund zur Sorge«, antwortete sie auf Deutsch.

Das hatte meine Mutter auch gesagt, als sie mir das erste Mal von Opas Krankheit erzählt hatte. Seitdem wusste ich: Wenn dir jemand sagt, du sollst dir keine Sorgen machen, ist das genau der Moment, an dem du dir welche machen solltest.

»Die Stewardess sagte, ich soll mir keine Sorgen machen«, erzählte ich ihr, nachdem ich mich wieder angeschnallt hatte.

»Dann mach dir keine«, antwortete sie knapp.

»Ich glaube, irgendwas stimmt nicht.«

»Was soll denn nicht stimmen?«

»Keine Ahnung.«

Im selben Moment fing das Flugzeug fürchterlich an zu schaukeln. Es fühlte sich an, als hätte ein Riese einen der Flügel gepackt und würde den Rumpf hin und her schütteln. Die Zeitschrift der alten Dame am Fenster flog durch die Luft, genau wie mein halb voller Plastikbecher. Der ganze Raum war voller fliegender Becher, die ihren Inhalt über die Passagiere verteilten. Mich erwischte eine volle Ladung Tomatensaft mitten im Gesicht. Ausgerechnet Tomatensaft!

Viele Leute schrien und für einen kurzen Moment setzte auch das Licht aus. Dann meldete sich der Pilot über den Lautsprecher. Ich verstand aber nicht, was er sagte, weil er nur englisch redete und die Schreie der anderen Passagiere erst allmählich verstummten.

»Was ist los?«, fragte ich sie.

»Vor uns liegt ein Unwetter, dem wir nicht ausweichen können. Wir sollen auf jeden Fall angeschnallt bleiben. Das grad eben war wohl nur ein Vorgeschmack auf das, was uns noch bevorsteht«, antwortete sie und zeigte auf meine Wange. »Hast du dich geschnitten?«

»Nein, das ist nur Tomatensaft«, erklärte ich.

Bevor ich mir mit einem Taschentuch die rote Brühe aus dem Gesicht wischen konnte, fuhr sie mit ihrem Finger über meine Wange und probierte.

»Hast recht!«, sagte sie.

»Ist das nicht schrecklich gefährlich?«, fragte ich verwirrt, weil mich ihre Berührung völlig durcheinandergebracht hatte.

»Nö, ist ja nur Tomatensaft.«

»Ich mein das Unwetter vor uns.«

»Quatsch, das ist völlig harmlos. Ich bin schon durch Tausende geflogen und ich sitze immer noch neben dir«, erklärte sie und lächelte mir zu. Irgendetwas an ihrem Lächeln stimmte aber nicht.

Im selben Moment wurden wir und das Flugzeug erneut durchgeschüttelt, heftiger und länger als beim ersten Mal. Und das galt auch für die Schreie der anderen Passagiere. Immerhin regnete es diesmal keinen Tomatensaft, weil der sich ja vorhin schon über unseren Köpfen verteilt hatte. Vom Piloten gab es diesmal keine Ansage. Vermutlich hatte er keine Zeit dafür, weil er verhindern musste, dass wir wie ein Stein in den Atlantik stürzten. Das Ganze dauerte fünf Minuten, vielleicht waren es auch nur zwei, vielleicht aber auch zehn, keine Ahnung. Irgendwann beruhigte sich die Lage und das Flugzeug glitt wieder ohne größere Erschütterungen durch den Himmel.

»Meinst du, wir haben es geschafft?«, fragte ich.

»Weiß nicht«, murmelte sie und starrte dabei auf den kitschigen Familienfilm, der immer noch vor ihr über den Monitor flimmerte. Mama und Papa waren gerade nach Hause gekommen und ihre vier Kinder stürzten ihnen entgegen. Sie warfen sich ihren Eltern an den Hals, so als kämen die zwei gerade nach Jahren von einer Expedition zum Nordpol zurück. Dabei waren die beiden nur mal kurz einkaufen, wenn ich das richtig mitbekommen hatte.

Ich wollte sie grad fragen, warum sie sich so einen Mist anguckte, als es wieder losging. Alles, was wir vorher erlebt hatten, war nichts gegen das, was jetzt passierte. Ich hatte das Gefühl, dass sich der Flieger einmal um die eigene Achse drehen würde. Das war natürlich Blödsinn, aber ich hatte keine Ahnung mehr, wo oben oder unten, rechts oder links war. Ich fühlte mich wie in einem Würfelbecher und hatte fürchterliche Angst davor, dass irgendjemand diesen Würfelbecher gleich mit aller Kraft auf die Tischplatte knallen würde.

Trotzdem blieb ich ganz ruhig und sie auch. Aber da waren wir die Einzigen. Alle anderen an Bord brüllten und schrien.

Vor allem die alte Dame neben uns am Fenster, und das fand ich ein wenig übertrieben, wo sie doch bestimmt schon viel erlebt hatte in ihrem langen Leben. Wir hatten noch gar nichts erlebt – mal abgesehen von einer unvollendeten Weltreise. Wenn hier jemand hätte brüllen müssen, weil es so ungerecht war, jetzt schon sterben zu müssen, dann ja wohl wir. Aber das taten wir nicht.

Wir saßen still nebeneinander und starrten weiter auf den Monitor vor uns, obwohl da schon lange kein Film mehr lief, weil hier hinten der Strom ausgefallen war. Das Licht war auch aus, und an der Decke glühten nur noch ein paar Notlichter, die eine ziemlich gruselige Stimmung verbreiteten. Ich ärgerte mich, dass ich bei der Sicherheitsbelehrung nicht besser aufgepasst hatte. Dann hätte ich gewusst, wo sie die verdammte Schwimmweste versteckt hatten. Einerseits. Anderseits rettet die einen auch nicht, wenn man aus zehntausend Metern Höhe ins Meer stürzt.

Während wir weiter in dem Würfelbecher hin und her geworfen wurden, krallte ich mich mit beiden Händen an meinen Armlehnen fest. Plötzlich spürte ich, wie sich ihre Finger auf meine legten. Keine Ahnung, ob sie damit mich beruhigen wollte oder sich selber. Ich löste den Griff und legte meine Hand in ihre. Das fühlte sich gut an, und wenn ich nicht fest damit gerechnet hätte, dass wir gleich sterben würden, wäre es ein absolut perfekter Moment gewesen.

»Warum ich?«, presste ich zwischen meinen Lippen hervor, denn das hatte ich schon die ganze Zeit wissen wollen und jetzt war die letzte Gelegenheit, eine Antwort zu bekommen.

»Was?«, brüllte sie.

Es war unglaublich laut in dem Flieger, weil die Leute brüllten und es überall klapperte und schepperte.

»Warum ausgerechnet ich?«, brüllte ich zurück.

»Weil … na weil …« Sie suchte nach den richtigen Worten, fand sie aber anscheinend nicht sofort, dann aber doch. »Ich hatte die Reise schon lange geplant. Ich wollte, dass sich meine Eltern Sorgen um mich machen, wenn ich weg bin. Und dass sie das vielleicht wieder zusammenbringt. Allein habe ich mich nicht getraut und dann standen wir uns plötzlich in der Umkleidekabine gegenüber, nach dem Spiel, und da dachte ich …«

Statt weiterzureden, drückte sie einfach meine Hand, und das war ja auch eine Antwort, irgendwie.

Ich musste an den Film »Titanic« denken, den ich mir Weihnachten mal zusammen mit meiner Mutter anschauen musste. Da gab es auch ein Liebespaar, das war gerade zusammengekommen und dann fährt das blöde Schiff gegen einen Eisberg und geht unter. Fast so wie bei mir und Alexandra, nur ohne Eisberg.

Ich erwiderte den Druck ihrer Hand, und das war das Romantischste, was ich jemals getan habe. Ich saß in einem abstürzenden Flieger und hielt die Hand des Mädchens, das ich mochte. Denn das tat ich, mindestens so sehr, wie ich sie früher gehasst hatte.

»Ich weiß, was du sagen willst …«, brüllte ich, und das war das Einzige, was die romantische Stimmung ein wenig störte. Dass man wegen des Lärms so schreien musste.

Weiter kam ich nicht, weil sich plötzlich der Pilot über die

Lautsprecher meldete. Ich verstand wieder nicht genau, was er sagte. Aber aus den Reaktionen der anderen konnte ich es mir zusammenreimen. Die Passagiere fingen nämlich alle an zu lachen und zu jubeln und manche weinten sogar vor Glück. Fast im selben Moment beruhigte sich auch die Maschine wieder. Irgendwie hatten wir es durch das Unwetter geschafft und das bedeutete, wir würden nicht abstürzen und auch nicht sterben, sondern weiterleben. Irgendwann würden wir natürlich auch sterben, schon klar, aber eben nicht hier und vor allem nicht jetzt.

»Er hat gesagt, dass das schlechte Wetter jetzt hinter uns liegt. Wir müssen aber auf den Azoren zwischenlanden, weil er nicht weiß, ob der Flieger was abbekommen hat.« Sie nahm ihre Hand von meiner und im selben Augenblick ging auch das Licht wieder an.

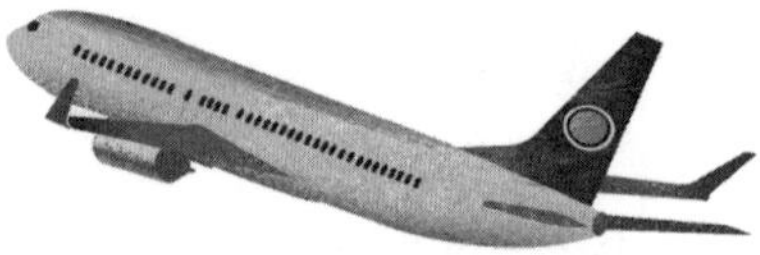

19. KAPITEL

Die Azoren sind eine winzige Inselgruppe mitten im Atlantik, irgendwo im Nirgendwo zwischen Amerika und Europa. Ich wusste das, weil ich die schon von unserem Globus kannte. Wenn ich früher mit meinem Finger über die Erdkugel gefahren war, hatte ich dort manchmal gestoppt, weil es die einzigen Punkte sind, die es zwischen den beiden Kontinenten gibt.

So winzig wie die Inseln war auch der Flughafen. Er bestand aus einem einzigen Gebäude, das kleiner war als der Supermarkt bei uns zu Hause. Vor dem Flughafen stand ein Bus, der uns zu einem Hotel am Hafen brachte. Dort sollten wir bleiben, bis klar war, ob das Flugzeug wieder starten konnte oder nicht. Ich fand das gut, weil wir so die Gelegenheit hatten, uns die Insel ein bisschen anzuschauen. Nicht so gut fand ich, dass sie uns im Hotel ein Doppelzimmer gaben, weil sie uns für Geschwister hielten. Im Flieger nebeneinander zu schlafen, ist die eine Sache, gemeinsam in einem Bett zu übernachten, eine ganz andere. Ich versuchte noch, das zu klären und zwei Einzelzimmer zu bekommen. Aber mein Englisch war zu schlecht und so mussten wir uns das Bett dann doch teilen.

Ankunft Azoren
3. Juli, 16 Uhr Ortszeit

Sie hat die ganze Zeit kein Wort gesagt, sondern war kurz im Bad verschwunden und hatte sich dann hingelegt. Seitdem starrte sie die Decke an. Ich saß auf einem Stuhl daneben und starrte sie an. Irgendwie war die ganze Situation unheimlich, obwohl draußen sogar die Sonne schien.

»Keine Sorge, das mit den acht Tagen schaffen wir«, sagte ich, um überhaupt etwas zu sagen. »Wir liegen gut in der Zeit.«

Keine Antwort.

»Weißt du, ich werde einfach auf dem Boden schlafen. Dann hast du mehr Platz und mir macht es nichts aus. Habe ich in New York am Flughafen ja auch schon gemacht.«

Wieder keine Antwort.

»Das hat ja auch was Gutes, dass wir auf dieser winzigen Insel gestrandet sind. Hier hat die Mafia bestimmt noch keine Filiale eröffnet.«

Stille.

»Aber wahrscheinlich bleiben wir ja sowieso nicht lange. Wenn klar ist, dass der Flieger okay ist, geht es ganz sicher gleich weiter.«

»Ich steige da nicht mehr ein«, sagte sie, während sie weiter an die Decke starrte.

»Wie bitte?«

»Ich steige da nicht mehr ein. Ich werde nie wieder fliegen. Das haben sie davon.«

Ich musste husten, so überrascht war ich. Weil sie überhaupt was gesagt hatte, und noch viel mehr darüber, was sie gesagt hatte. »Wie? Du willst nicht mehr fliegen? Du bist doch die Königin der Lüfte!«

Erneutes Schweigen.

»Außerdem sind wir hier auf einer Insel mitten im Meer, da kommen wir doch gar nicht anders weg. Und was meint du mit *Das haben die jetzt davon*? Die Fluglinie? Da können die doch nichts für, dass wir hier gestrandet sind. Das macht doch alles überhaupt keinen Sinn.«

Sie hatte beschlossen, wieder zu schweigen. Ich holte den Laptop heraus und wählte mich in das WLAN des Hotels ein. Wenn sie nicht mit mir sprechen wollte, gab es draußen eine Menge anderer Leute, mit denen ich auf meinem Blog chatten konnte.

Die Kommentarleiste war voller Menschen, die uns ihre Hilfe anboten. Die hatten ja mitbekommen, dass wir pleite waren, und ich war völlig geplättet, weil die Nachrichten nicht nur aus Deutschland, sondern aus der ganzen Welt kamen. Sogar aus China war eine dabei, in der jemand in holprigem Deutsch fragte, ob ich ein Bitcoin-Konto hätte, auf das er mir was überweisen könnte. Hatte ich natürlich nicht, ich wusste ja nicht mal, was Bitcoin ist. Ich musste erst googlen, um zu erfahren, dass das so eine Art Währung ist. Mit der kann man aber nur im Internet bezahlen, weil es keine Scheine oder Münzen davon gibt.

Ich machte ein Foto aus dem Fenster auf den Hafen und schrieb dazu:

Gestrandet auf den Azoren, ohne Geld und ohne Flieger. Grüße von Robinson.

Robinson Crusoe war ein Typ aus einem alten Buch, das mir mein Großvater vorgelesen hatte. Dieser Robinson landet als Schiffbrüchiger auf einer Insel, von der er nicht mehr wegkommt. Ich glaube, der Schmöker ist sogar noch älter als diese In-Achtzig-Tagen-um-die-Welt-Geschichte.

Ich griff zu meinem Telefon, um mich mal wieder zu Hause zu melden. Dann machten sich meine Eltern keine Sorgen, und ich hoffte, dass sich der Zustand meines Opas inzwischen gebessert hatte. Ich ging zum Telefonieren ins Bad, weil ich nicht wollte, dass sie mir dabei zuhörte.

»Wieso gehst du nicht an dein Telefon?! Wieso haben wir dir ein Handy gekauft, wenn man dich trotzdem nie erreichen kann?!«

Ich hätte mir gewünscht, dass sich meine Mutter zuerst mal erkundigen würde, wie es mir ging. Aber ich konnte sie auch verstehen, wahrscheinlich hatte sie sich Sorgen gemacht.

»Das ist kaputt und hat immer wieder Aussetzer, deswegen«, schwindelte ich. »Wie geht es Opa?«

»Isst du auch vernünftig?« Anscheinend hatte sie meine Frage nicht verstanden.

»Ja, tu ich, aber wie geht es Opa?«

»Immer noch unverändert, aber die Ärzte sagen, das wäre ein gutes Zeichen. Willst du Papa noch sprechen?«

»Keine Zeit, ich muss zum Training«, schwindelte ich erneut. Ich wollte das Gespräch kurz halten, weil ich nicht wusste, was so ein Auslandsgespräch kostete. Wahrscheinlich ein Vermögen.

»Dann viel Spaß und iss vernünftig!« Ich hörte, wie meine Mutter am anderen Ende der Leitung aufschluchzte. Aber das mit dem »guten Zeichen« hatte ich ihr sowieso nicht geglaubt.

»Ja, Mama«, erwiderte ich und legte schnell auf, weil ich das Weinen meiner Mutter nicht ertragen konnte.

Ich starrte eine Weile in den Spiegel, der über dem Waschbecken hing. Besonders hübsch sah ich nicht aus. Unter meinen Augen hatten sich schwarze Ringe gebildet, mein ungewaschenes Haar klebte in fettigen Strähnen an meinem Kopf und rund um meine Nase wuchs ein ganzes Pickelfeld. Ich senkte den Blick und bemerkte erst jetzt ihr Smartphone, das auf der Kante des Waschbeckens lag. Sie hatte es an die Steckdose angeschlossen, um es aufzuladen.

Was ich dann tat, tat ich nur, weil ich mir Sorgen um sie machte. Ich glaubte nämlich nicht, dass ihr Schweigen allein etwas mit unserem Beinahe-Absturz zu tun hatte. Ich glaubte, dass etwas anderes dahintersteckte.

Zum Glück hatte sie ihr Telefon nicht durch eine Geheimzahl oder einen Fingerabruckscanner gesichert. So war es ganz leicht, an ihre Nachrichten ranzukommen. Das meiste waren Geburtstagswünsche, so weit alles normal. Dann fand ich eine Nachricht ihres Vaters. Es war die letzte, die als geöffnet markiert war, und sie musste verschickt worden sein, als unser Flieger mitten durch das Unwetter flog. Abgerufen hatte sie die SMS direkt nach unserer Landung, das konnte ich an der Uhrzeit sehen.

»Wo bist du? Ich habe die Karte gesperrt, damit du endlich wieder nach Hause kommst. Wir müssen reden. Egal was passiert, ich und deine Mutter, wir werden beide weiter für dich da sein. Es ist nicht deine Schuld, sondern nur unsere. Eigentlich hat keiner Schuld, wir verstehen uns einfach nicht mehr. Nicht so wie früher. Ich habe dich lieb. Komm bitte nach Hause.«

Ich sagte ja schon, ich war nicht besonders stolz darauf, dass ich in ihrem Handy rumgeschnüffelt hatte. Aber jetzt wurde mir plötzlich alles klar. Warum wir überhaupt diese Reise gemacht hatten und warum sie sich plötzlich in kein Flugzeug mehr setzen wollte. *Das haben sie jetzt davon*, hatte sie gesagt, aber wer damit gemeint gewesen war, kapierte ich erst jetzt. Fliegen und ihre Eltern waren für sie ja quasi ein und dasselbe, und mit ihrem Flugboykott wollte sie ihre Mutter und ihren Vater bestrafen, dafür, dass die beiden sich scheiden ließen.

Das war natürlich total schwachsinnig, ich konnte es trotzdem verstehen. Irgendwie.

Ich ging zurück ins Zimmer und öffnete den kleinen Kühlschrank, der unter dem Schreibtisch stand. In der Mini-Bar waren eine Flasche Wasser, zwei Cola und ein Bier. Ich nahm das Bier, öffnete die Flasche und setzte mich neben sie aufs Bett.

Abgesehen von den winzigen Gläsern Sekt zu meinem Geburtstag war es das erste Mal, dass ich Alkohol trank. Der würde zwar auch nichts ändern, aber ich hatte das Gefühl, als könnte ich das jetzt brauchen. Und sie auch.

»Ich habe die Nachricht gelesen«, sagte ich und setzte die Flasche an. Das Bier schmeckte bitter und auch sonst nicht besonders gut.

»Welche?«, fragte sie zurück.

»Die von deinem Vater«, erwiderte ich und reichte ihr die Flasche.

Sie nahm einen Schluck und schüttelte sich. Genau wie ich.

»Dann weißt du ja jetzt Bescheid«, erwiderte sie.

»Du hast dir die ganze Zeit Sorgen wegen der Trennung deiner Eltern gemacht und ich mir wegen meines Opas.«

»Stimmt.«

»Dann lass uns nach Hause.«

»Aber ohne Flieger.«

»Da kann der Flieger doch nichts für, dass dein Vater Pilot ist.«

»Trotzdem.«

»Sollen wir übers Wasser laufen?«

Sie antwortete nicht, sondern nahm noch einen Schluck und reichte mir die Flasche zurück.

Ich zuckte die Achseln und trank das Bier aus, obwohl es eklig schmeckte. Und wie ich schon erwartet hatte, half es überhaupt nicht. Es fühlte sich nicht mal cool und erwachsen an.

»Überleg es dir«, sagte ich und stand auf. Ich hatte das Gefühl, dass sie einen Moment für sich allein brauchte. Die Zeit wollte ich nutzen, um mir den Hafen ein bisschen anzuschauen.

Unten an der Rezeption standen ein paar der anderen Fluggäste und diskutierten mit dem Piloten, wann es endlich weiterginge. Wenn ich es richtig verstand, überhaupt nicht. Das Flugzeug hatte in dem Unwetter gelitten und musste komplett gewartet werden. Das würde mindestens zwei Tage dauern und ein Ersatzflieger war wohl auf die Schnelle auch nicht so leicht zu bekommen. Einige der Leute regten sich fürchterlich auf, andere schienen ganz zufrieden zu sein, dass sie auf Kosten der Fluggesellschaft hier ein paar Tage Urlaub machen konnten.

Ich lief über die Straße zum Hafen runter. Dort lagen überall große Segelboote, weil die Inseln ein beliebter Zwischenstopp für Leute waren, die mit ihren Schiffen den Atlantik überqueren wollten. Die Boote mit ihren bunten Segeln waren hübsch anzusehen, und ich machte ein Foto davon, das ich auch gleich auf meinen Blog stellte.

Ab heute dürft ihr mich Käpt'n nennen.

Ich trieb mich dann noch eine Stunde an der Kaimauer rum und genoss die frische Luft nach all den Tagen, die wir entweder im Flieger oder im Flughafen verbracht hatten. Seit Hongkong waren wir nicht mehr draußen gewesen, aber das fiel mir tatsächlich erst jetzt auf, so sehr hatte ich mich an die klimatisierte Luft anscheinend schon gewöhnt.

Ich stand am Hafen und atmete und schaute, schaute und atmete. Ich versuchte, das Denken zu vermeiden, weil ich sonst bestimmt wieder an meinen Opa hätte denken müssen. Oder an sie und ihre Eltern, die sich scheiden lassen wollten. An nichts zu denken war eindeutig die bessere Alternative, aber gar nicht so einfach. Man denkt ja immer irgendwas, selbst wenn man versucht, sich abzulenken, indem man Segelboote zählt oder Möwen oder Bananen. Es gab dort nämlich tatsächlich Bananenstauden, die wuchsen in den Gärten der kleinen Häuser am Hafen so wie bei uns Äpfel oder Birnen. Ich kannte

Bananen bisher nur aus dem Supermarkt und allein dafür hatte sich die Reise schon gelohnt. Ich pflückte eine Banane direkt hinter einem Zaun und war mir nicht sicher, ob ich mich das ohne das Bier auch getraut hätte. Ich merkte nämlich schon, wie ich leicht dusselig im Kopf wurde. Das konnte aber auch an meinem Schlafmangel liegen oder daran, dass mein Körper den Sauerstoff nicht mehr vertrug.

Dann bummelte ich die Hauptstraße entlang, aber da gab es nicht viel zu sehen. Nur ein paar kleine Geschäfte. Die größten davon gehörten Asiaten, die dort von Koffern bis zu Handyladekabeln einfach alles verkauften, und das alles ziemlich billig. Für mich war es trotzdem noch zu teuer, weil ich ja kein Geld mehr hatte. Direkt am Hafen gab es auch ein paar Bars, in denen sich die Segler trafen, die hier bei ihrer Atlantiküberquerung Stopp machten. Die meisten von ihnen hatten zottelige Bärte – zumindest die Männer – und sahen ziemlich verwegen aus. Eine von den Frauen winkte mich heran, und weil ich nichts Besseres zu tun hatte, setzte ich mich zu ihr. Sie war etwa vierzig, vielleicht auch schon fünfzig, und trug einen roten Overall und gelbe Gummistiefel.

»Wo kommst du denn her? Und wo sind deine Eltern? Hast du Durst?«, fragte sie, und wahrscheinlich lag es daran, dass sie deutsch sprach, dass ich ihr alles erzählte. Vorher aber trank ich das Glas, das sie mir eingegossen hatte, in einem Zug aus. Ich musste furchtbar husten, weil die Flüssigkeit so schrecklich in meinem Hals brannte.

»Das war ein Schnaps, du sahst aus, als ob du ein gebrauchen könntest, Kleiner«, sagte die Frau und lachte.

Die ganze Bar lachte und alle diese verwegenen Weltumsegler hörten sich danach meine Geschichte an, von dem Endspiel um die Meisterschaft bis zur Bruchlandung auf der Insel hier. Ohne das Bier und den Schnaps hätte ich das wahrscheinlich nie gemacht, und als ich fertig war, reagierten sie ganz anders, als ich erwartet hatte.

»Ich würde euch ja auf meinem Boot mitnehmen, aber leider bin ich in die andere Richtung unterwegs«, sagte die Frau, und auch die anderen Segler bedauerten, dass sie uns nicht helfen konnten. Keiner von denen fand es doof, was wir taten. Im Gegenteil, die fanden das gut und mutig, und das lag wahrscheinlich auch daran, dass ich zwischendurch behauptet hatte, ich sei schon sechzehn und nur etwas klein für mein Alter.

»Wenn deine Freundin nicht fliegen will, könnt ihr euch auch ein Ticket für einen Frachter besorgen. Die nehmen manchmal Passagiere mit, ist aber nicht ganz billig«, schlug einer der bärtigen Männer vor. Er saß unter einem riesigen Haigebiss, das über ihm an der Wand der Bar hing.

»Mit dem Schiff?«, fragte ich wenig begeistert.

»Ihr könnt auch einen Tunnel unter dem Atlantik graben, dauert nur länger«, sagte die Frau und dann lachten wieder alle.

Als ich ins Hotel zurückkam, standen an der Rezeption immer noch Fluggäste und diskutierten aufgeregt. Ich lief an ihnen vorbei und schnappte auf, dass jetzt wohl doch für den nächsten Morgen ein Ersatzflieger erwartet wurde. Ich rannte schnell die Treppe hoch zu unserem Zimmer. Ich wollte ihr die Banane zeigen und ihr von den Schiffen und den Möwen erzählen und auch, dass wir morgen früh unsere Reise fortsetzen konnten. Atemlos riss ich die Tür auf.

»Guck mal, was hier in den Gärten …« Ich verstummte.

Sie schlief und ich legte die Banane leise auf den Nachttisch neben dem Bett.

Dann fuhr ich den Rechner hoch und schaute bei meinem Blog vorbei. Keine Ahnung, wie spät es jetzt bei uns zu Hause war, aber der Traffic auf meiner Seite war eher mau. Deswegen legte ich noch einen nach und schrieb:

Trampen mitten auf dem Atlantik ist gar nicht so einfach. Hat jemand eine Mitfahrgelegenheit für uns? Zielort Europa.

Ich drückte auf Enter und ging duschen, das hatte ich lange nicht getan. Als ich fertig war, rollte ich mich brav auf dem Teppich vor dem Bett zusammen.

Genau wie ich es ihr versprochen hatte.

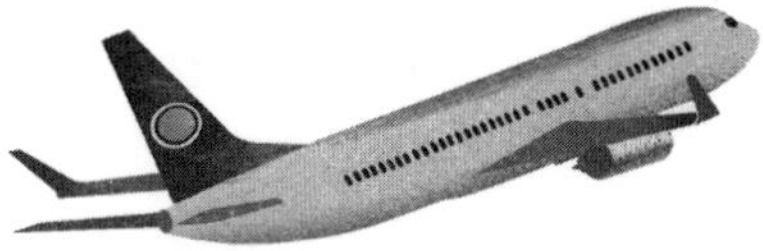

20. KAPITEL

»Guten Morgen, Robinson!«

Es dauerte eine Weile, bis ich wusste, wo ich war. Ich lag auf einem Teppich in einem Hotel auf einer winzigen Insel irgendwo mitten im Atlantik und hatte Kopfschmerzen, weil ich am Abend meine erste Flasche Bier und meinen ersten Schnaps getrunken hatte.

»Robinson! Hier oben bin ich! Oder soll ich lieber Käpt'n zu dir sagen?«

Ich richtete mich auf und da sah ich sie. Sie wirkte ausgeschlafener als ich. Kein Wunder, sie hatte ja auch auf dem bequemen Bett übernachten dürfen. Dort lag sie immer noch. Sie hatte meinen aufgeklappten Laptop auf ihren Beinen und aß die Banane, die ich aus dem Garten geklaut hatte.

Plötzlich wurde mir heiß und kalt gleichzeitig. Ich hatte vergessen, die Seite mit meinem Blog zu schließen. Und jetzt hatte sie alles gelesen, was ich dort während unserer Reise über sie, über mich und über uns gepostet hatte.

»Ich wusste gar nicht, dass du so viele Freunde hast«, sagte sie und klappte den Laptop zu.

»Na ja, richtige Freunde würde ich das nicht nennen«, erwiderte ich verlegen.

»Aber du hast mit mir vor denen angegeben«, fuhr sie fort. »Du hast so getan, als wenn du und ich ein Paar wären.«

»Das habe ich nie behauptet!« Ich spürte, wie ich knallrot wurde.

»Willst du denn nicht, dass ich deine Freundin bin?«

Das war eine Fangfrage, ganz klar. Bei der Antwort konnte ich nur verlieren, deswegen sagte ich lieber gar nichts.

Sie schaute mich lange an, dann fing sie an zu grinsen. Ich grinste unsicher zurück, weil ich nicht wusste, ob das nicht auch nur eine Falle war.

»Jedenfalls sind deine Freunde in dem Kasten hier …«, sie tippte mit ihrem Zeigefinger auf den Rechner, »… schwer in Ordnung. Während du gestern Abend Bananen geklaut hast …«

»Ich habe die nicht geklaut, ich hab …«

»Klar hast du, ich habe dich doch vom Fenster aus beobachtet. Deine Freunde haben jedenfalls zusammengelegt und uns neue Tickets besorgt.«

»Tickets?«

»Wir fahren mit dem Schiff. Ein Frachter nimmt uns mit bis Lissabon und dann geht es weiter mit dem Zug über Paris wieder nach Hause. Und das Beste ist: Wir können es sogar noch pünktlich schaffen.«

»Schiff? Wieso denn mit dem Schiff?«

»Du hast denen doch geschrieben, dass du hier auf der Insel gestrandet bist und eine Mitfahrgelegenheit suchst, weil das mit dem Trampen hier so schwierig ist mitten im Atlantik.

Schon vergessen, Käpt'n?! Das war übrigens eine super Idee von dir.«

»Aber der Flieger ist doch wieder startbereit. Heute Morgen geht es weiter!«

Entweder hatte sie es nicht gehört oder sie wollte es nicht hören. Da war sie genau wie meine Mutter.

»Du scheinst für die Nerds an ihren Rechnern einen Traum zu leben, und irgendwie sind die alle ganz heiß drauf, dass es in der Geschichte auch ein Happy End gibt.« Sie klappte den Rechner wieder auf. »Die haben die Überfahrt online gebucht und uns über deinen Blog alle nötigen Unterlagen geschickt. In einer Stunde werden wir mit einem Boot am Hafen abgeholt, das bringt uns zu dem Frachter und der uns nach Lissabon. In spätestens drei Tagen sind wir da.«

»Ich steige aber auf kein Schiff.« Gestern Abend mit dem ganzen Alkohol im Blut schien das mit Trampen per Schiff tatsächlich eine vernünftige Alternative zu sein. Jetzt hatte ich nur noch Kopfschmerzen, und mir graute vor dem Wasser, das zwischen uns und Europa lag.

»Wetten doch?!«, erwiderte sie immer noch grinsend. »Du kannst deine Fans doch nicht enttäuschen. Die haben schließlich ihr ganzes Taschengeld für dich zusammengelegt. Da ist sogar ein Chinese bei, der ein bisschen Deutsch spricht.«

Keine Ahnung, warum ihr »Ich steige in keinen Flieger mehr« so viel mehr wert war als mein »Ich steige auf kein Schiff«. Es war aber so, und ich spürte, dass ich nichts dagegen tun konnte.

»Übrigens echt lecker die Bananen hier.« Sie biss das letzte

Stück ab und versenkte die Schale mit einem gezielten Wurf im Papierkorb. »Ich geh dann mal duschen.«

Das gab mir Zeit, in Ruhe nachzudenken. Irgendwas musste passiert sein, während ich geschlafen hatte. Vielleicht hatte sie mit ihren Eltern telefoniert und die beiden miteinander versöhnt. Vielleicht war sie deswegen so gut gelaunt. Vielleicht hatte sie aber auch einfach nur beschlossen, dass sie nicht ewig auf dem Bett liegen und die Decke anstarren konnte.

»Gibst du mir bitte mal frische Sachen?!«, rief sie mir aus dem Bad zu, nachdem das Rauschen der Dusche verstummt war.

Ich ging zu ihrem Rollkoffer und öffnete ihn. Mit spitzen Fingern fischte ich nach einem T-Shirt und einer Hose für sie, dann öffnete ich die Tür einen Spalt und reichte ihr beides ins Bad.

»Ich brauche auch neue Unterwäsche«, sagte sie.

Ich griff erneut in den Koffer. Dabei fiel mir ihr Kissen in die Hände. Sie hatte Udo Lindenberg Glupschaugen über seine Sonnenbrille gemalt. Außerdem hatte er jetzt zwei Zahnlücken und seine Wangen waren mit Pickeln übersät, so ähnlich wie bei mir.

»Was ist denn mit Udo passiert?«, wollte ich wissen, als ich ihr mit noch spitzeren Fingern die frische Unterwäsche ins Bad reichte.

»Wehe, du guckst!«, rief sie von innen.

»Wie denn?« Ich konnte wirklich nichts sehen. Dazu war der Spalt viel zu schmal, und außerdem war das ganze Bad voller Nebel, weil sie so heiß geduscht hatte. »Und? Was ist jetzt mit Udo?«

»Ich wollte ihn nicht mehr, der ist von meiner Mutter«, antwortete sie und nahm mir die Unterwäsche aus der Hand. »Du kannst das Kissen haben.«

»Danke, sehr großzügig.« Ich zog meine Hand schnell wieder zurück, weil sie im selben Moment die Tür von innen zuknallte.

Ich packte Udo in meine Reisetasche und wartete, bis sie fertig war. Das mit dem Versöhnen konnte ich ausschließen.

»Warum fliegen wir nicht einfach? Das geht doch viel schneller«, sagte ich, als wir an dem Bus vorbeiliefen, der mit laufendem Motor vor dem Hotel stand, um die Passagiere zum Flughafen zu bringen.

»Ich habe doch gesagt, ich flieg nicht mehr«, antwortete sie und lief einfach weiter.

»Und ich habe gesagt, ich steig auf kein Schiff.«

»Dann wird einer von uns beiden seine Meinung wohl ändern müssen und ich bin es ganz bestimmt nicht.«

Für einen Moment hoffte ich, dass uns eine der Stewardessen aufhalten würde. Doch die waren viel zu beschäftigt mit dem Kontrollieren von Namenslisten und dem Besänftigen von Passagieren, die immer noch stinksauer wegen der Verspätung waren.

»Aber das bringt deine Eltern doch auch nicht wieder zusammen«, rief ich ihr hinterher.

Aber Alexandra drehte sich nicht einmal um. Ich zögerte einen Moment, dann rannte ich ihr nach. Was hätte ich auch sonst tun sollen?

Als wir am Hafen ankamen, wartete da tatsächlich schon ein Schlauchboot auf uns. Genau wie die Jungs im Blog geschrieben hatten. Ein junger Afrikaner nahm uns in Empfang und half uns beim Einsteigen. Besorgt betrachtete ich die Wellen, die für meinen Geschmack viel zu hoch an die Kaimauer schlugen. Dann startete er den Außenborder und schoss mit dem Boot auch schon aus dem Hafen hinaus aufs offene Meer. Je weiter wir uns vom Land entfernten, desto ruhiger wurde Alexandra. Das fiel mir zuerst gar nicht auf, weil ich genug mit mir selbst zu tun hatte. Aber als ich zu ihr rüberblickte, bemerkte ich, dass sie ganz grün im Gesicht war. Ich nahm an, dass ich auch nicht viel besser aussah, und deswegen sagte ich lieber nichts.

Der Afrikaner hielt Kurs auf einen Frachter, der vor der Küste der kleinen Insel lag. Das Erste, was mir auffiel, war der Rost. Den konnte ich sogar aus der Ferne erkennen. Ich klammerte mich an einer Leine fest und starrte das Schiff an, das immer näher kam und immer rostiger wurde. Jetzt konnte ich auch den Namen lesen: Victoria. Genauso hieß das einzige Schiff aus der Flotte von Magellan, das bei der allerersten Weltumseglung nicht gesunken war. Aber das war ganz sicher nur ein Zufall.

Das Schiff war ein richtiger Seelenverkäufer, und der Kapitän, der uns am Ende einer langen Strickleiter begrüßte, sah aus wie ein alter, versoffener Seebär in seiner dreckigen Uniform und mit seinem buschigen grauen Bart. *Seelenverkäufer* und *Seebär* waren Wörter, die ich von meinem Opa gelernt hatte. Der hatte mir auch die Geschichte von Magellans Weltumrundung erzählt. Opa mochte das Meer. Ich nicht.

Einer der Matrosen führte uns ein paar Treppen hinunter zu unseren Kabinen. Zum Glück waren es diesmal zwei. Ich torkelte ihm hinterher und ließ mich auf die harte Pritsche fallen, die in dem winzigen Raum an der Wand stand. Es gab kein Fenster, weil sich die Kabine unterhalb der Wasserlinie befand. Mir war das recht, je weniger ich vom Meer sah, desto besser.

Ich lag dort und wartete darauf, dass mir schlecht wurde. Aber das passierte nicht, und als es mir nach einer Stunde immer noch gut ging, stieg ich wieder hoch an Bord, und da war die Insel schon nur noch ein winziger Punkt am Horizont.

Ich stand an Deck und schaute auf die unendliche blaue Fläche, und plötzlich tauchten rechts von mir Delfine auf, die das Schiff begleiteten und immer wieder aus dem Wasser sprangen, so als wollten sie mit mir spielen. Ich sah mich nach Alexandra um, konnte sie aber nirgendwo entdecken. Als der Kapitän meine suchenden Blicke bemerkte, kam er zu mir und erklärte, dass sie in der Kajüte lag, weil ihr schlecht war. Es dauerte ein wenig, bis ich ihn verstand, weil er kein Deutsch sprach. Aber als ich es begriffen hatte, musste ich lachen, auch wenn das nicht besonders nett war. Die Seekrankheit hatte sie voll erwischt, und das hatte sie jetzt davon, dass sie nicht in den Flieger steigen wollte. Gleichzeitig tat sie mir leid, weil ich weiß, wie schlimm das ist, wenn man seekrank ist. Da wünscht man sich nur, zu sterben oder zu schlafen oder beides.

Mir wurde auf der ganzen Überfahrt nicht einmal übel, und das lag vielleicht auch daran, dass mein Unterbewusstsein meinem Opa einen Gefallen tun wollte. Wenn ich zurück war, würde ich ihm alles haarklein erzählen, wie das so war auf einem Frachter mitten auf dem Atlantik. Denn auch wenn mein Opa das Meer liebte, weiter als bis nach Helgoland war er dann doch nie gekommen. Vielleicht lag es aber auch daran, dass ich nicht mehr derselbe kleine Junge war wie damals auf der Fähre. In den letzten Tagen war so viel passiert wie in meinem ganzen Leben davor nicht. Ist doch logisch, dass man sich da verändert. Und wenn das bedeutete, dass ich nicht mehr seekrank wurde, war mir das nur recht.

Die Tage auf See kümmerte ich mich um sie. Ich legte ihr das Udo-Kissen unter den Kopf, wischte ihr den Schweiß von der Stirn und leerte sogar den Eimer aus, in den sie in regelmäßigen Abständen hineinkotzte. Und das ist ganz sicher der allergrößte Liebesbeweis, den man für jemand anders erbringen kann. Schade, dass sie davon nichts mitbekam, weil es ihr während der ganzen Überfahrt hundsmiserabel ging.

Wenn ich mich nicht gerade um Alexandra kümmerte, verbrachte ich den Rest meiner Zeit an Deck und freundete mich mit den Matrosen an. Besonders mit dem Schiffskoch, einem Riesen mit ganz vielen Tätowierungen am ganzen Körper. Er hieß Alain, stammte aus Straßburg und war sogar mal Walfänger gewesen. Dann hatte er als Schuldeneintreiber für die Mafia gearbeitet und sich schließlich auf dem Frachter hier zur Ruhe gesetzt, wie er es nannte. Ich war nicht sicher, ob ich ihm alles glauben durfte, was er erzählte. Aber das war mir egal, es machte einfach Spaß, sich mit ihm zu unterhalten. Und wegen des Päckchens fand ich es auch gar nicht so schlecht, einen Ex-Mafiosi zu meinen Freunden zählen zu können.

Wenn Alain in der Kombüse war und kochen musste, hielt ich nach Delfinen Ausschau, und das war viel, viel besser, als im Flieger zu hocken. Fast beneidete ich diesen Phileas Fogg, weil der damals die meisten seiner achtzig Tage auf dem Wasser verbracht hatte. Ab und zu setzte ich ein Post auf meinem Blog ab:

Ich bin der König der Welt.

Oder:

Ihr glaubt nicht, wer eben an uns vorbeigesegelt ist: Jack Sparrow auf der Black Pearl.

Oder:

Kurs Ost-Ost-Ost heimwärts.

Dazu stellte ich auch ein paar Fotos online. Aber meistens schrieb ich wenig, weil es kaum etwas zu berichten gab und ich nicht glaubte, dass es einen da draußen interessierte, wie oft am Tag ich ihren Eimer ausleeren musste.

»Hey, wir sind da! Lissabon liegt steuerbord vor uns!«

Ich hatte die Tür aufgerissen, und sie hielt sich die Hand vor die Augen, weil das Licht sie blendete.

TAG SIEBEN
5. Juli, 6 Uhr Ortszeit

»Gott sei Dank, ich dachte, ich überleb das nicht!«, murmelte sie und versuchte aufzustehen. Das klappte aber erst beim dritten Versuch, weil sie immer wieder das Gleichgewicht verlor.

Ich stopfte das Lindenberg-Kissen, an das sie sich in den letzten Tagen wie an einen Rettungsring geklammert hatte, in meine Sporttasche und half ihr die Treppe hoch an Deck. Oben warteten schon der Kapitän und die komplette Mannschaft in der Morgensonne auf uns. Der alte Seebär umarmte mich, als wäre ich sein Enkel, und Alain überreichte mir zum Abschied noch eine riesige Papiertüte mit Proviant. Ich glaube, er hatte sogar Tränen in den Augen. Aber vielleicht hatte er auch nur einen Spritzer Salzwasser ins Auge bekommen.

Der Kapitän und seine Leute winkten, und ich winkte zurück, während wir über einen Steg die Victoria verließen und an Land wankten. Sie winkte nicht, sondern schien einfach nur froh zu sein, wieder festen Boden unter den Füßen zu haben.

Wir waren zurück in Europa!

Auf dem Kai ließ sie sich auf die Knie sinken und dann – kein Scheiß – küsste sie den Boden.

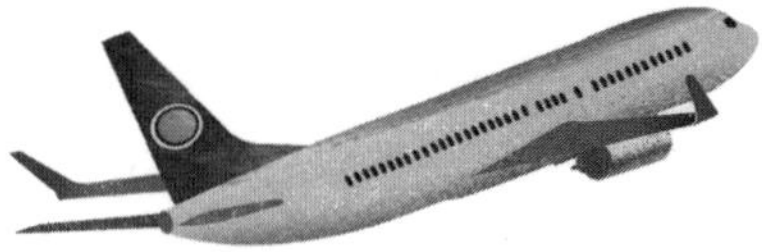

21. KAPITEL

»Du hast echt was verpasst in deiner Kabine«, sagte ich. »Und jetzt steh wieder auf.«

»Ganz bestimmt nicht«, erwiderte sie, und ich wusste nicht, ob sie damit das Verpassen oder das Aufstehen meinte.

»Na, komm schon, ich bring uns zum Bahnhof«, sagte ich und zog sie wieder auf ihre Füße. »Wir sind ja jetzt schon quasi auf der Zielgeraden.«

Sie schwankte immer noch, das konnte ich spüren, weil ich sie untergehakt hatte. Auch ich fühlte noch das Rollen der Wellen unter meinen Sohlen, aber das kannte ich schon. Das war nach der Überfahrt nach Helgoland auch nicht anders gewesen.

An Bord des Frachters hatte ich mir einen breitbeinigen Gang angewöhnt, um an Deck besser das Gleichgewicht halten zu können. Ich lief wie ein Cowboy, der zu lange auf seinem Pferd gesessen hatte, und schaute dabei auf mein Handy, das uns von der Anlegestelle durch die Straßen Lissabons in die Innenstadt lotste.

»Ich habe Delfine gesehen! Ganz, ganz viele und die kamen fast bis ans Schiff heran.«

»Schön für dich«, brummte Alexandra.

»Und Alain …«

»Wer zum Teufel ist Alain?«

»Na, der Smutje.«

»Smutje?«

»Köche auf Schiffen heißen Smutje und die Küche nennt man dort Kombüse.«

»Meinst du, das weiß ich nicht«, knurrte sie.

»Alain meint, wir sollten uns keine Sorgen machen wegen der Mafia.«

»Woher will der das denn wissen?«

»Weil er früher selber bei der Mafia war, dann aber untertauchen musste. Deswegen kocht er jetzt auf der Victoria. Da findet ihn keiner, hat er erzählt. Er glaubt nicht, dass die Mafia ein so wertvolles Drogenpäckchen einem kleinen Jungen anvertrauen würde. Er glaubt, dass das wahrscheinlich doch nur ein ganz harmloses Geschenk war. Das hast du völlig umsonst weggeworfen!«

Wir bogen vom Hafenbecken aus nach rechts ab, liefen unter einem steinernen Torbogen durch und gelangten in eine Fußgängerzone. Dahinter lag ein Platz, von dem aus eine breite Allee einen Hügel hinaufführte.

»Da drüben ist schon der Bahnhof.« Ich schaute vom Display meines Handys auf und zeigte auf ein großes Gebäude, das etwas zurückgesetzt links von uns lag.

In der Vorhalle des Bahnhofs waren überall blaue und weiße Kacheln an den Wänden und das sah ziemlich hübsch aus.

»Haben wir was zu essen?«, sagte Alexandra. »Ich habe echt Hunger.«

Das wunderte mich nicht, sie hatte seit Tagen so gut wie nichts gegessen und das meiste davon war in dem Eimer neben ihrem Bett gelandet.

»Klar, einen ganzen Sack voll«, erwiderte ich und hielt die Provianttüte hoch. »Während du geschlafen hast, habe ich das mit einem Netz aus dem Meer gefischt.«

»Sehr witzig«, sagte sie und lächelte gequält. »Egal, wir kriegen ja im Zug was.«

»Träum weiter.« Ich setzte mich auf den Boden und lehnte meinen Rücken gegen die kühlen Kacheln. Das tat gut, denn es war heiß in Lissabon. Heißer jedenfalls als auf den Azoren und draußen auf dem Meer.

»Wie jetzt?«, fragte sie.

»Im Zug kriegt man nichts zu essen, zumindest nicht umsonst«, erklärte ich ihr. »Das muss man kaufen oder sich selber mitbringen. Wusstest du das nicht?«

»Woher?! Ich bin noch nie mit dem Zug gefahren«, antwortete sie und setzte sich neben mich. »Aber zu trinken gibt es doch was, oder?«

»Nein.«

»Filme?«

»Nein.«

»Und was ist mit Sicherheitskontrollen?«

Ich schüttelte den Kopf.

»Cool«, sagte sie. »Dann kann uns auf dem letzten Stück der Reise nichts mehr passieren. Wann müssen wir einchecken?«

»Man muss nicht einchecken, man steigt einfach ein. Unser Zug geht in einer Stunde. Wir müssen ein paar Mal umsteigen, aber das haben unsere Freunde schon alles für uns geplant, nachdem ich gepostet hatte, wann wir hier ankommen.«

»Das sind solche Nerds, die kennen die Fahrpläne bestimmt alle auswendig.« Sie lachte, und das war ein Zeichen, dass es ihr tatsächlich wieder besser ging.

»Das sind keine Nerds«, widersprach ich.

»Wenn sie den ganzen Tag am Rechner hängen, statt selber auf Reisen zu gehen, sind es Nerds. Und jetzt zeig endlich, was wir zu essen haben.«

Bevor ich reagieren konnte, griff sie schon selber in die Tüte und nahm sich ein Sandwich.

»Ohne diese Nerds, wie du sie nennst, wären wir gar nicht hier. Während du auf deiner Pritsche gelegen hast, habe ich sie bei Laune gehalten. Schau mal.« Ich klappte den Laptop auf und ging auf meinen Blog, um ihr zu zeigen, was ich da alles eingestellt hatte. Zum Glück gab es einen gratis Hotspot im Bahnhof, sodass sie auch die neuesten Kommentare sehen konnte.

»Das hier ist übrigens mein Lieblingsbild. Obwohl, ich weiß gar nicht, ob ich dir das zeigen soll.« Ich zeigte es ihr dann doch. Auf dem Foto war sie zu sehen. Sie lag in der Kabine, war leichenblass und schlief. Darunter hatte ich geschrieben:

Wenn Kolumbus genauso seekrank gewesen wäre, hätte er Amerika nie entdeckt.

Dafür hatte ich eine ganze Menge lachender Smileys und kichernder Tier-Animationen geerntet.

Zuerst war sie stinksauer, weil ich das ohne ihr Wissen gepostet hatte. Dann aber fielen ihr die Kommentare auf, die ihr gute Besserung wünschten. Die wirkten alle, als wären sie wirklich ehrlich gemeint, und es waren auch gar nicht so wenige. In Wahrheit waren es sogar ziemlich viele. Meine Leser schien es echt zu interessieren, wie es ihr ging. Und auch, wie es mir ging. Das war neu für mich.

Meine anderen Bilder zeigten kitschige Sonnenuntergänge über dem Meer, und vor allem Delfine, die rechts und links des Schiffes schwammen.

An den Likes konnte man sehen, dass die Delfine die Besucherzahlen meines Blogs noch einmal in die Höhe getrieben hatten. Delfine waren scheinbar sogar noch besser als Katzenfotos, wenn man im Netz nach Followern fischt.

»Und die möchten uns alle helfen!«, erklärte ich und zeigte auf die eingegangenen Nachrichten. »Ist doch super, oder?«

Alexandra nickte und biss in ihr Sandwich. Sie kaute ewig darauf rum, um nicht zeigen zu müssen, wie gerührt sie war. Solange sie den Mund voll hatte, brauchte sie nichts zu sagen. Ich bemerkte es trotzdem, so gut kannte ich sie mittlerweile schon. Sie tat zwar immer ganz cool, aber das war alles nur Fassade. Außerdem hatte sich auf den Azoren sowieso alles verschoben, das war ein bisschen so wie eine Auswechslung beim Fußball. Seit der Nachricht ihres Vaters stand ich plötzlich auf dem Platz und traf die wichtigen Entscheidungen, während sie auf der Ersatzbank hockte.

»Schaffen wir es denn noch pünktlich?«, fragte sie, als sie den Bissen endlich heruntergeschluckt hatte.

»Wenn es keine ewig langen Verspätungen gibt, schon.« Ich zeigte auf die Stoppuhr auf ihrem Handy. »Wir haben noch genau dreißig Stunden. Mit dem Flieger bräuchten wir sogar nur drei Stunden für den letzten Abschnitt.«

Sie tat wieder so, als hätte sie das nicht gehört, und legte mir ihren Arm um die Schulter. Mir blieb fast das Herz stehen, weil ich befürchtete, sie würde mich jetzt küssen. Vielleicht hoffte ich es auch, aber dann hielt sie doch nur ihr Handy hoch und machte ein Foto von uns beiden mit den hübschen blauen und weißen Kacheln im Hintergrund.

»Für unseren Blog. Damit die wissen, wo wir gerade stecken«, erklärte sie. Ich wollte eigentlich was sagen, weil es ja *mein* Blog war. Ließ es dann aber doch bleiben, weil sie recht hatte. Es war unser Blog, es war ja auch unsere Reise. Ich gab ihr die Zugangsdaten für meinen Account und wir posteten das Foto und schrieben

Danke euch allen! Wir melden uns dann aus Paris!

drunter, weil wir beide annahmen, dass wir erst dort wieder ein offenes WLAN finden würden.

Den Rest unserer Wartezeit lasen wir uns die Kommentare und Nachrichten durch. Die meisten davon beantworteten wir auch. Ich mit dem Laptop, sie mit dem Handy. Einmal kam ein Anruf für sie rein, aber sie nahm ihn nicht an.

»Zu welchem Gate müssen wir denn?«, fragte sie.

»Das heißt nicht Gate, das heißt Bahnsteig.« Ich grinste, weil sie tatsächlich keine Ahnung hatte. Nicht so wie ich, der einmal im Jahr mit der Bahn an die Nordsee fuhr. Im Gegensatz zu ihr war ich ein richtiger Bahnprofi. »Und wir müssen auch gleich los, sonst fährt der Zug ohne uns ab.«

Wir hatten das richtige Gleis fast erreicht, als ich hinter mir lautes Rufen hörte. Ich drehte mich um und sah einen Asiaten, der uns zuwinkte. Der Mann trug einen schwarzen Anzug und eine Sonnenbrille, und es gab gar keinen Zweifel daran, dass sein Winken und Rufen uns galt.

»Lauf, das ist die Mafia!«, rief ich und rannte los.

»Aber dein Smutje hat doch gesagt …«

»Vergiss Alain!«, brüllte ich ihr zu. »Lauf! Oder soll der uns erschießen?!«

Wir rannten den Bahnsteig entlang, und der Asiate mit der Sonnenbrille verfolgte uns, das konnte ich sehen, als ich einen Blick nach hinten wagte. Unser Zug stand schon bereit. Ich riss einfach eine der Wagentüren auf und half ihr mit dem Koffer. Dann liefen wir den schmalen Gang entlang, bis ich ein leeres Abteil fand. Schnell schob ich sie hinein, schloss die Schiebetür und zog die Vorhänge zu.

Ich sagte kein Wort, sondern hielt mir den Zeigefinger vor die Lippen, während wir uns ganz klein machten auf dem Sitz, der am weitesten von der Tür entfernt war. Draußen auf dem Gang hörte ich schwere Schritte, die schnell näher kamen. Türen wurden aufgerissen und jetzt hatte der Killer auch schon das Abteil neben uns erreicht. Gleich würde er bei uns sein.

Zitternd starrten wir beide den Vorhang an. Für eine Sekunde überlegte ich, unter die Sitze zu kriechen. Aber dafür war es längst zu spät, und außerdem war ich sicher, dass er dort zuerst nachschauen würde. Der Mann war ein Profi, sonst hätte er uns hier in Lissabon am Bahnhof niemals aufspüren können. Es sei denn, er gehörte auch zu den Followern unseres Blogs.

»Ich Idiot!«, fluchte ich leise.

Wenn man von der Mafia gejagt wurde, war es nicht besonders clever, seine Reiseroute für alle öffentlich ins Internet zu stellen. Aber das fiel mir erst jetzt ein, jetzt, wo es zu spät war.

Weil wir uns auf dem Sitz so eng aneinanderdrängten, konnte ich ihr Herz schlagen hören, und ich war sicher, sie spürte auch meines.

Dann öffnete er auch schon die Tür und schob den Vorhang zur Seite. Der Mann mit der Sonnenbrille lächelte. Es war das Lächeln des Todes, das kannte ich aus Filmen, wo die Killer auch immer so komisch lächeln, bevor sie abdrücken. Der Asiate griff in die Innentasche seiner Jacke und ich schloss die Augen. Ich hatte keine Lust, in einen Pistolenlauf zu schauen. Ich presste mir das Lindenberg-Kissen auf mein Gesicht und wartete darauf, dass die Kugel erst Udos und dann meine Stirn durchschlagen würde.

»Danke! Thank you! Obrigado!«

Es war ihre Stimme, die mich das Kissen wieder runternehmen ließ. Der Mann, der immer noch lächelnd in der Tür stand, hielt keine Waffe, sondern ihr Handy in der Hand.

»Ich muss es am Bahnhof verloren haben«, erklärte sie und griff danach.

Der Mann verabschiedete sich, zog den Vorhang wieder zu und schloss die Tür.

Ich weiß nicht warum, aber wir fingen beide an zu lachen und hörten erst wieder auf, als sich unser Zug langsam in Bewegung setzte.

Abfahrt Lissabon
5. Juli, 10 Uhr
Ortszeit

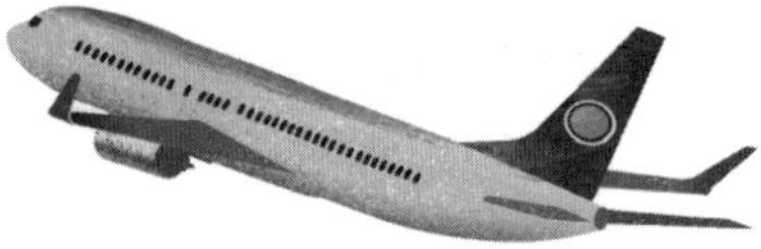

22. KAPITEL

Wir hatten Lissabon kaum verlassen, da packten wir den gesamten Inhalt von Alains Verpflegungstüte auf dem kleinen Tischchen am Fenster aus. Es war genug für die ganze Reise da, und als wir satt waren, holte ich mein Buch aus der Tasche. In der Geschichte passierte jetzt leider nicht mehr so wahnsinnig viel. Die letzten Kilometer fuhr Phileas Fogg mit dem Zug, genau wie wir. Zurück in London, glaubte er zuerst, er hätte seine Wette verloren, weil er einen Tag zu spät war. Das stimmte aber gar nicht. Er hatte die Datumsgrenze vergessen. Die hatte ihm einen ganzen Tag geschenkt und deswegen war er doch rechtzeitig angekommen. Das Buch endete dann mit einem richtig rosaroten Happy End. Der Detektiv gab seine Verfolgung auf, weil in der Zwischenzeit der echte Bankräuber gefasst worden war, und Fogg heiratete die Frau, die er in Indien gerettet und die ihn von da an die ganze Zeit begleitet hatte.

Ich blickte zu Alexandra. Sie saß mir gegenüber und schaute so konzentriert aus dem Fenster, als würde da draußen ein spannender Film laufen.

»Zugfahren ist tausendmal besser als Fliegen, hier sieht man viel mehr, weil man viel näher dran ist. Nicht so hoch über allem«, sagte sie, als sie meinen Blick bemerkte. »Das ist fast so wie Kino!«

Ich nickte nur und freute mich, dass sie sich freute.

Irgendwann kam der Schaffner und wir zeigten ihm unsere Tickets auf dem Handy. Es schien ihn überhaupt nicht zu interessieren, dass wir beide allein unterwegs waren, und deswegen sparten wir uns unsere Geschichte über die zweite Hochzeit unserer Eltern.

Wir stiegen dann noch zwei Mal um und im letzten Zug fuhren wir die Nacht durch. Ich schaute aus dem Fenster, wo sich die Dunkelheit und die Lichter der Laternen abwechselten. Sie saß neben mir und ihr Kopf lag auf meiner Schulter. Sie schlief, und ich traute mich kaum zu atmen, weil ich sie nicht wecken wollte. Auf ihrer Stirn konnte ich die winzige Narbe sehen, die sie vom Zusammenstoß im Strafraum hatte. Mir schien das schon ewig lange her zu sein, beinahe wie aus einem früheren Leben, an das ich mich nur noch verschwommen erinnern konnte.

Wir hatten es jetzt fast geschafft. Wenn unsere Weltreise wie ein Fußballspiel war, dann befanden wir uns kurz vor dem Abpfiff, und ich würde sagen, wir lagen 9:0 in Führung, was die Zeit anging. Aber 0:2 hinten, wenn es darum ging, uns gegenseitig die Wahrheit zu sagen, warum wir diese Reise überhaupt gemacht hatten.

Ein leises Brummen riss mich aus meinen Gedanken. Er kam aus ihrem Handy und meldete den Eingang einer SMS.

Ich war sicher, die Nachricht kam von ihrem Vater oder ihrer Mutter. Wer außer Eltern schickte denn sonst noch SMS?

Ich nahm vorsichtig das Telefon von ihrem Schoß und schaute nach. Nachdem ich das auf den Azoren schon einmal getan hatte, fiel es mir beim zweiten Mal viel leichter.

»Ich habe euren Blog gefunden. Du hast unsere Wette gewonnen und es in acht Tagen geschafft. Du hattest recht und ich unrecht. Gratuliere, aber jetzt komm endlich wieder nach Hause. Dann reden wir, und du sagst, bei wem du leben willst. Ich liebe dich und Mama liebt dich auch. Wir lieben dich beide, aber nur leider uns gegenseitig nicht mehr. Papa.«

Mit einem Mal war mir alles klar.

Bei der ganzen Reise war es gar nicht um mich gegangen. Sie hatte nur ihrem Vater zeigen wollen, dass sie das mit den acht Tagen schaffte. Das musste irgend so ein Ding zwischen den beiden sein, das ich nicht ganz verstand. Ich verstand nur, dass sie mit ihm gewettet hatte, nicht mit mir. Ich war für sie nur so eine Art unterhaltsamer Reisebegleiter gewesen, ein Pausenclown für die Wartezeiten, damit es unterwegs nicht zu langweilig wurde. Das Komische war, dass mich das völlig kalt ließ. Es war mir einfach egal. Ohne sie hätte ich so eine Reise niemals unternommen und diese Reise konnte mir keiner mehr nehmen. Ich meine, wer in meinem Alter ist schon einmal um die Welt gereist, auch wenn ich von der Welt dabei nicht so wahnsinnig viel gesehen hatte?

Von mir aus hätten wir ewig weiterreisen können, sie mit dem Kopf an meiner Schulter und ich mit dem letzten Sandwich in der Hand, das ein Ex-Mafia-Mann auf einem rostigen Frachter irgendwo draußen auf dem Atlantik extra für mich geschmiert hatte. Doch wie alle guten Sachen ging das auch zu Ende. Irgendwann leuchteten die ersten Sonnenstrahlen durchs Fenster und wir erreichten den Bahnhof Montparnasse in Paris.

»Willst du dir die Stadt angucken?«, fragte sie, als wir aus dem Zug stiegen.

»Ich dachte, wir fahren mit dem Zug gleich weiter?« Ich schaute mich um, ob auf dem Bahnsteig nicht doch noch irgendwelche Asiaten auf mich warteten.

»Wir müssen sowieso den Bahnhof wechseln, da zeig ich dir meinen absoluten Lieblingsort in Paris.« Sie sah mich nicht an, sondern tippte etwas in ihr Handy. »Ich poste hier nur kurz, dass wir in Paris angekommen sind, dann können wir los.«

»Und wie kommen wir dahin?« Ich hielt immer noch die Augen offen. Es gab aber nicht nur einen, sondern ganz viele Asiaten. Die meisten von denen sahen harmlos aus und hatten Selfie-Stangen in der Hand. Damit fotografierten sie alles, was ihnen vor die Linse kam, aber das konnte natürlich auch nur Tarnung sein.

»Mit dem Taxi«, sagte sie und steckte das Handy weg.

»Wir haben doch gar kein Geld für ein Taxi.«

»Ich könnte wieder Fußball spielen und du gehst mit einem Hut rum«, schlug sie vor.

»Ich habe keinen Hut«, erwiderte ich und betrachtete die Polizisten, die auf den Bahnsteig patrouillierten. Im Gegensatz zu den Sicherheitsleuten im Flughafen in New York waren die hier richtig schwer bewaffnet. Die hatten sogar Maschinenpistolen, und ich bezweifelte, dass die zulassen würden, dass wir hier im Bahnhof mit einer leeren Coladose Hochhalten spielten.

»Wir könnten das Taxi natürlich auch damit bezahlen.« Sie kniete sich auf den Boden und zog einen Zwanzigeuroschein aus ihrer Socke.

»Wo hast du den denn her?«, fragte ich überrascht.

»Das war meine eiserne Reserve«, erklärte sie. »Für ganz wichtige Fälle, und dass du kurz vor unserer Heimfahrt was von Paris siehst, ist ein wichtiger Fall, finde ich. Wir haben es ja jetzt auch fast geschafft, da können wir das ruhig auf den Kopf hauen.«

Wir verließen den Bahnhof und sie winkte lässig ein Taxi heran. Als wir hinten in den Wagen stiegen, sagte sie dem Fahrer eine Adresse, die ich nicht verstand. Obwohl die Straßen völlig verstopft waren, fand der Mann einen Weg rechts und links an den wartenden Autos vorbei. Wegen mir hätte er sich auch Zeit lassen können. Ich hing mit der Nase an der Seitenscheibe und staunte über die vielen alten Häuser und breiten Straßen.

»Da links ist übrigens der Eiffelturm, und gleich fahren wir über die Seine, wenn du auf der Brücke nach rechts guckst, kannst du den Louvre sehen. Das ist das Museum, in dem die Mona Lisa hängt«, spielte sie die Stadtführerin.

Am Ende rasten wir einen Berg hinauf und der Fahrer stoppte hinter einer weißen Kirche. Alexandra reichte ihm den Geldschein und wir stiegen aus. »Mach die Augen zu«, forderte sie mich auf. »Und wehe, du schummelst.«

Ich schloss brav die Augen, weil ich kein Spielverderber sein wollte. Sie nahm meine Hand und führte mich ein paar Meter die Straße entlang. Wie lange, kann ich gar nicht mehr sagen, aber ich musste höllisch aufpassen, weil die Straße so uneben war. Nach einer gefühlten Ewigkeit sagte sie endlich: »Und jetzt kannst du sie wieder aufmachen.«

Vor mir lag Paris, ausgebreitet wie ein Spielzeugteppich. Man konnte den Eiffelturm sehen und eine große Kirche mitten auf einer Insel. Und vor allem Häuser, bis zum Horizont nur Häuser. Sie waren nicht so hoch wie in Hongkong und auch lange nicht so bunt, aber es waren unglaublich viele. Vor uns lag ein riesiges Meer aus grauen Steinen, zwischen denen nur die Parks einige wenige grüne Inseln bildeten. Das hört sich vielleicht nicht besonders schön an, aber das war es. Es war unfassbar schön und unglaublich groß. Und da störten auch die Massen von Touristen fast gar nicht. Die bemerkte ich kaum, ich sah nur die Stadt unter mir und natürlich sie, die immer noch meine Hand hielt.

»Na, hab ich zu viel versprochen?«, fragte sie. »Von hier oben hat man den besten Blick über Paris, das ist noch besser als vom Eiffelturm, weil es umsonst ist und da auch die Schlangen viel zu lang gewesen wären. Da hätten wir glatt unseren Zug nach Hause verpasst.«

Mit meiner freien Hand hielt ich mein Handy hoch und machte ein Foto von uns beiden, auf dem im Hintergrund auch die Kirche zu sehen war. Während wir unsere Köpfe für das Selfie zusammensteckten, berührte meine Stirn ihre Stirn. Genau dort, wo die kleine Narbe war. Zwei Klicks später war das Bild mit uns beiden online und ich textete dazu

Paris, die Stadt der Liebe, und wir beide sind ganz, ganz oben.

Ich schaute verstohlen zu ihr rüber, ob ich zu weit gegangen war. Aber sie lächelte nur und setzte sich auf die Stufen, die zum Portal der Kirche hinaufführten.

Ich holte das Udo-Kissen raus, damit sie es bequemer hatte, und hockte mich neben sie. Auf einem Treppenabsatz vor uns führte ein schwarzer Fußballspieler seine Tricks für die Touristen vor. Er hatte nur noch ein Bein, aber was er mit dem Ball machte, während er sich auf seine Krücken stützte, war einfach unglaublich.

»Fast so gut wie du«, sagte ich.

»Ja, aber er macht das mit nur einem Bein. Also ist er doppelt so gut wie ich«, erwiderte sie.

Wir sahen ihm eine Weile schweigend zu, dann sagte ich: »Ich höre übrigens auf mit Fußball, wenn wir zurück sind.«

»Warum das denn?«, fragte sie erstaunt.

»Ich bin doch nur Torwart geworden, weil ich wusste, dass du besser bist als ich. Da brauchte ich mich nie zu beweisen, sondern konnte immer bequem auf der Bank hocken und musste keine Angst haben, was falsch zu machen. Manchmal muss man aber was tun, auch wenn man dabei Fehler macht. Unsere Reise habe ich anfangs ja auch für einen Fehler gehalten, aber das ist das Beste, was mir je passiert ist. Echt jetzt.«

Sie hatte mir die ganze Zeit zugehört und kein Wort gesagt. Sie sagte auch jetzt nicht sofort was, sondern erst nach einer langen Pause und dann auch nur ein Wort: »Wow!«

»Wow«, wiederholte ich.

»Und was willst du stattdessen machen?«, fragte sie.

»Keine Ahnung, ein bisschen rumreisen, muss ja nicht gleich wieder die ganze Welt sein. Nur mit meinem Fahrrad und einem Zelt und dann werde ich darüber schreiben, auf meinem Blog«, erklärte ich. »Den muss ich dann natürlich umbenennen.«

»Wie wäre es mit der *coolste Weltumrunder* statt *schlechtester Torwart*?« Sie grinste mich an. »Und dann nimm bitte auch ein eigenes Foto von dir als Profilbild, so hässlich bist du nämlich gar nicht. Eigentlich sogar ganz hübsch, finde ich.«

Sie lachte, aber es war trotzdem als Kompliment gedacht. Glaube ich zumindest und deswegen wurde ich ganz rot.

»Ich finde dich auch …« Bevor ich zu Ende sprechen konnte, klingelte mein Handy. Es war meine Mutter, das erkannte ich an der Nummer.

»Sind nur meine Eltern, aber ich geh da jetzt nicht ran«, sagte ich, während ich auf das Display starrte.

»Warum denn nicht? Du bist doch gar nicht sauer auf die, nicht so wie ich auf meine. Vielleicht ist was mit deinem Opa?«

Ich zögerte, weil ich genau das befürchtete. Andererseits konnte es ja auch sein, dass sie mich nur anrief, um mir zu sagen, dass es ihm besser ging.

Ich drückte auf die grüne Telefontaste und wusste sofort, was los war. Meine Mutter weinte, und zwischen ihrem Schluchzen konnte ich verstehen, wie sie mit verheulter Stimme sagte: »Opa … er ist tot. Die Beerdigung ist in drei Tagen, Tobi. Wir schicken dir eine Fahrkarte, dann kommst du. Wir müssen hier noch alle möglichen Dinge erledigen. Am Ende hat er noch gefragt, wo du bist, und ich habe ihm geantwortet: ›Zu Hause.‹ Und da hat er gesagt, du sollst lieber mal rausgehen. Das waren seine letzten Worte: Der Junge soll lieber mal rausgehen.«

Im selben Moment brach die Verbindung ab und ich musste grinsen und heulen gleichzeitig. Ich brauchte ihr nichts zu erklären, sie wusste auch so, was los war. Sie legte mir ihren Arm auf den Rücken, und diesmal war ich es, der seinen Kopf an ihre Schulter lehnte. Mit den Tränen in meinen Augen sah der Fußballspieler vor uns aus, als stünde er im Regen.

»Wir müssen zurück zum Bahnhof, um unseren Zug zu kriegen«, flüsterte sie nach einer Weile.

»Scheiß auf den Zug«, erwiderte ich und wischte mir die Tränen aus den Augen.

»Und was ist mit unserer Wette?«

»Scheiß auf die Wette. Wenn man weiß, dass man etwas schaffen kann, muss man es nicht mehr schaffen. Wenn du Ende der ersten Halbzeit 9:0 vorne liegst, musst du dir in der zweiten Hälfte nicht mehr beweisen, wie gut du bist.«

»Und was machen wir dann?« Sie sah mich neugierig an.

»Was hältst du davon, wenn wir einfach immer weiterreisen? Oder zumindest noch ein paar Tage dranhängen? Nur so lange, bis die Beerdigung von meinem Opa ist?«

»Das ist nicht dein Ernst!«

»Warum nicht? Wir sind ein gutes Team, wir haben echt viel gemeinsam. Immerhin sind wir zusammen um die Welt gereist und wir haben Johnny Depp getroffen.«

»Wenn er es überhaupt war«, bemerkte sie skeptisch. »Ich

glaub nicht, dass der einfach so durch ein Terminal marschiert. Der fliegt doch bestimmt nur mit so kleinen Privatmaschinen.«

»Dann haben wir eben jemand getroffen, der Johnny Depp sehr, sehr ähnlich sieht«, erwiderte ich. »Außerdem wurden wir von der Mafia gejagt, haben zusammen im Flieger ein Unwetter überlebt und auf dem Frachter habe ich deinen Spuckeimer ausgeleert …«

»Du hast was?«, unterbrach sie mich.

»Ach, nicht so wichtig, war auch nicht so schlimm, ich finde jedenfalls, dass das eine ganze Menge ist. Findest du nicht?«

»Und wo soll es hingehen?«, fragte sie zurück.

»Keine Ahnung«, erwiderte ich, weil ich mir darüber tatsächlich noch keine Gedanken gemacht hatte.

»Fliegen tu ich nicht, das sag ich dir gleich.«

»Du hast echt ein Problem, weißt du das?«, sagte ich. »Du solltest das mit deinen Eltern klären. Ich nehme dich nur mit, wenn du sie anrufst.«

»Warum?« Jetzt war sie es, die auf ihr Handy starrte, obwohl da gar nichts zu sehen war, weil das Display schwarz war.

»In keinen Flieger mehr zu steigen, nur weil deine Eltern auch immer fliegen, macht überhaupt keinen Sinn. Nach deiner Logik dürfte ich keine Brötchen mehr essen, falls meine Eltern sich mal trennen sollten. Also, was ist, rufst du sie an?«

Sie überlegte einen Moment, dann nickte sie.

»Versprochen?«, hakte ich nach.

»Ja, großes Weltenbummler-Ehrenwort.«

»Sehr gut! Und wo sollen wir hin?«

»Warum nicht ans Meer«, schlug sie vor.

»Wieso wollen immer alle nur ans Meer?! Da ist es nass und windig und ständig hat man Sand zwischen den Pobacken kleben. Außerdem kenne ich das schon. Wieso nicht in die Berge?«

»Von mir aus«, sagte sie. »Eigentlich ja auch egal, wo wir hinfahren. Hauptsache, wir sind unterwegs. Und wovon leben wir? Meine Notreserve ist für die Taxifahrt draufgegangen.«

»Na davon!« Ich zeigte auf den Treppenabsatz, wo der Schwarze immer noch mit seinem Ball jonglierte.

»Der ist viel besser als ich. Wenn ich neben dem stehe, gibt uns keiner einen Cent für meine Tricks«, erwiderte sie.

»Ich meine doch nicht den einbeinigen Wunderkicker, ich meine Philippe. Der Junge mit der Tüte da.«

Ein rothaariger Junge kam mit einer Plastiktüte in der Hand die Treppen hoch direkt auf uns zu.

»Er hat auf das Foto von uns beiden hier oben reagiert und spontan gepostet, dass er uns was zu essen vorbeibringt«, sagte ich und winkte dem Jungen zu.

Philippe war nett und half uns sogar, unseren nächsten Post auch auf Französisch abzusetzen.

Die Reise geht weiter. In den Bergen waren wir noch nicht, also auf in die Alpen. Es grüßen und danken euch allen Higuerta und Chilavert.

Es dauerte nur zehn Minuten, da hatten wir über unseren Blog schon die nötigen Bahntickets und vier Einladungen von Leuten, bei denen wir übernachten konnten. Unterwegs telefonierte sie mit ihrem Vater, lange. Sie vereinbarten, dass sie in drei Tagen wieder zu Hause sein musste. Das fand ich ziemlich großzügig, und ich glaube, so schlimm sind ihre Eltern gar nicht. Meine Eltern hätten das nie erlaubt. Die dachten ja immer noch, ich säße zu Hause vorm Rechner.

Tat ich aber nicht. Ich fuhr mit ihr in die Alpen.

Geküsst haben wir uns nicht, keine Sorge, aber geredet. Über alles. Nur nicht über das, was im Flieger während des Unwetters zwischen uns passiert war. Damals, als wir dachten, wir würden gleich sterben. Brauchten wir auch nicht.

Wir redeten und kletterten auf Berge. Da war ich Opa ganz nah, obwohl ich natürlich nicht glaube, dass er tatsächlich da oben irgendwo im Himmel auf einer Wolke sitzt und auf mich runterschaut. Ich bin ja kein kleines Kind mehr. Ich bin Phileas Fogg, der zweite.

Nach den drei Tagen ist sie nach Hause, um sich mit ihren Eltern auszusprechen, und ich bin zur Beerdigung meines Opas gefahren. Das war gar nicht so schlimm, wie ich befürchtet hatte. Genau wie in den Bergen hatte ich das Gefühl, dass er immer noch in meiner Nähe war. Obwohl er tot war.

Ich glaube nämlich, dass ihm unsere Tour rund um die Welt gefallen hätte. Schließlich war es sein letzter Wille, dass ich mehr rausgehe. Und mehr rausgehen, als einmal um die ganze Welt zu reisen, geht ja wohl kaum, oder?